Brigitte Sandberg

La larme qui se transforme en arme

Le petit oiseau parmi les cailloux

Der deutsche Text beginnt auf Seite 77

© 2024 Sandberg brigitte

Couverture et peinture Brigitte Sandberg

Édition : BoD · Books on Demand,

31 avenue Saint-Rémy, 57600 Forbach, bod@bod.fr

Impression : Libri Plureos GmbH, Friedensallee 273,

22763 Hamburg (Allemagne)

ISBN : 978-2-3225-5593-2

Dépôt légal : Décembre 2024

Table de matières

Der deutsche Text beginnt auf S. 77

Chapitre I (la goutte) S. 6

Chapitre II (le voisin Arthur) S. 8

Chapitre III ((larme ou arme ?) S. 12

Chapitre IV (les toilettes ; la droite) S. 14

Chapitre V (le roumain Sorin du café) S. 16

Chapitre VI (Sorin et Herta Müller) S.19

Chapitre VII (la colère contre le viol) S. 22

Chapitre VIII (Sorin et la Securitate; le film « Metronom » ; BdM :Bund deutscher Mädchen) S.25

Chapitre VIIII (Sorin et l'équipe internationale du café) S. 29

Chapitre X (Arthur et long covid) S. 31

Chapitre XI (les habitants de l'immeuble : Ole et Fiona ; Evelyn. ; La famille du marocain) S.34

Chapitre XII (les morts dans l'immeuble : Mme Kalis et la famille T.) S.40

Chapitre XIII (beaucoup de séparations : l'infirmière ; Anouk ; Adèle) S. 46

Chapitre XIV (Arthur et les suicides ; Le petit oiseau entre les cailloux) S. 54

Chapitre XV (l'ange Jade. ; fête de réunification - la chute du mur de Berlin) S. 58

Chapitre XVI (Est-ce qu'il y a un futur ? Les papiers de bonbon vides ; la peinture) S.61

Chapitre XVII S. 65

Chapitre XVIII S.70

Chapitre XVIIII (la larme qui se transforme en arme) S.74

Chapitre I (la goutte)

Goutte de rosée, goutte de sang, goutte de pluie, goutte de larme.

Isabelle s'est demandée si elle devait le dire. Est-ce qu'il faut le dire ? Que se passe-t-il si ce n'est pas dit ? Le monde s'écroulerait ? Cela ne dépend pas du fait qu'on le dise ou pas. Peut-être si, car les mots ont un poids énorme, incitent aux actes. La mère d'Isabelle disait qu'Isabelle pèserait chaque mot sur une balance d'or ce qui ne serait pas bon. Il y a des multiples façons de voir et comprendre le monde, il n'y a donc pas qu'un seul monde et si on pèse chaque mot, cela change le regard.

Isabelle a vu une goutte transparente, une larme, qui pendait, qui s'était accrochée et devenait rouge comme du sang. Est-ce qu'il y a une raison pour que la goutte transparente se colore en rouge ? Tout change de couleur tôt ou tard. Il y a une peur du changement, une peur de ce qui coule, de ce qui est fluide, de la fluidité. C'est pourquoi la goutte transparente, la larme, ne peut pas couler, elle a été arrêtée.

Une vie sans larmes n'existe pas, mais bien des vies où les larmes sont arrêtées parce qu'on ne veut pas progresser.

Qu'est-ce qui est dans les larmes arrêtées, lesquelles se sont peut-être déjà transformées en gouttes de sang ? Peut-être quelque chose de précieux que l'on ne veut pas perdre même si ce précieux est déjà perdu.

Effacer une larme qui s'est transformée en goutte de sang n'est donc pas une option. Les gens se demandent ce qu'une larme pleine de sang peut signifier.

Chapitre II (le voisin)

Il disait qu'il attend ce moment déjà depuis 32 ans, le moment de la connaitre.

Isabelle est restée bouche bée. Devant elle se tenait le voisin de l'autre côté de la rue. Mais par la suite il a oublié leur rendez-vous, donc ça ne valait peut-être pas grande chose ce qu'il disait.

Il avait attendu pendant 32 ans pour faire sa connaissance et en même temps il l'a oubliée pendant 32 ans. Ça lui faisait du bien, qu'il l'avait attendue et en même temps il l'avait oubliée. La raison pour laquelle elle ne se sentait pas menacée, en danger. Il vivait dans son monde à lui, dans un nuage, duquel il voyait le monde à sa manière. C'est comme cela qu'Isabelle a interprété ce phénomène d'attendre et en même temps d'oublier. Elle croyait même que le temps n'existait pas pour lui. Il a arrêté la larme peut-être au moment où ses larmes voulaient couler ce qui aurait eu pour conséquence qu'il aurait tout perdu. Donc il préférait les arrêter.

On peut dire qu'Isabelle prenait la fuite bien qu'elle ne fut pas menacée par un danger précis.

La deuxième rencontre fortuite se produisait presque devant l'entrée de son immeuble. Elle était étonnée quand il disait : « Eh bien, c'est ici que vous habitez ?! » Il l'a dit avec surprise ce qui semblait être contradictoire au fait qu'il soit son voisin de l'autre côté de la rue qui attendait depuis 32 ans de la connaitre.

Il était en route chez sa généraliste qu'Isabelle connaissait aussi, mais il avait oublié le nom de la rue parallèle à la rue où lui et elle habitait. Il connaissait les rues qu'il devait emprunter pour arriver chez la généraliste, mais il n'arrivait pas à dire les noms des rues, bien qu'il habite dans ce quartier résidentiel depuis des décennies.

Peut-être qu'il souffre déjà d'une démence, ça arrive à tout âge.

Sous son menton pendait un masque Corona, sans doute pour le mettre dans la salle d'attente.

Il disait qu'il ne travaille pas, qu'il est malade. Avant la maladie il avait travaillé comme avocat dans une entreprise d'assurance. Peut-être ce travail l'a rendu malade, qui sait.

Il portait des lunettes petites à monture jaune laiteux, les verres étaient rectangulaires et d'un diamètre pas plus d'un centimètre, ce qui faisait un peu bizarre, en tout cas spécial.

Cela faisait alors 32 ans, qu'il a eu le souhait de la connaitre. Est-ce qu'il l'a observée pendant 32 ans?

Isabelle s'est souvenue d'un locataire sur l'autre côté de la rue dans le même immeuble où habite son voisin qui l'a photographiée avec un grand téléobjectif. Elle était en train de manger. Quelque chose la dérangeait, la raison pour laquelle elle levait sa tête et regardait en direction de la fenêtre. Indignée, elle s'est levée et s'est précipitée vers la fenêtre. Le soi-disant photographe s'est retiré immédiatement et Isabelle ne l'a plus jamais vu. Elle pense qu'il a déménagé parce qu'il a pris peur qu'elle le dénonce.

Il y avait encore un autre homme qui l'a photographiée, mais c'était en dehors de la maison, dans un parc où elle se reposait.

Le voisin d'Isabelle s'appelait Arthur, c'est ce qu'il disait quand ils ont échanger leur prénoms.

Peut-être qu'il l'a vue peindre, qu'il l'a vue devant son chevalet, car parfois elle allumait la chambre quand elle peignait jusqu'à tard dans la nuit.

C'était un bon sentiment qu'il l'avait oubliée pendant les 32 ans passés et qu'en même temps il avait désiré la connaitre. Elle espérait qu'il n'était pas un criminel, elle ne croyait pas, mais quand elle pensait au procès de Gisele Pelicot, qui a été violée sous l'influence de drogues, qui l'ont endormie, et cela pendant 10 ans par 50 hommes lesquels son époux avait recruté sur internet. Isabelle devait constater que tout était possible. Depuis ce procès on parle de « Monsieur tout le monde », un violeur ça peut être « monsieur tout le monde ».

Est-ce qu'il n'était pas urgent que la larme arrêtée se détachait et commençait à couler pour libérer celui qui était prisonnier de sa souffrance ?

En s'endormant ses pensées se mêlaient avec le chant mélancolique de Beth Gibbons.

Chapitre III (larme ou arme)

Isabelle se demandait si elle avait des hallucinations, car elle voyait sous l'œil de son voisin une larme qui pendait, qui ne coulait pas, parce qu'il l'avait arrêtée, peut-être inconsciemment, peut-être il n'en est pas conscient.

Est-ce qu'il a vu ses plantes en fleur sur son balcon ? Non, dit-il, parce que l'arbre devant son balcon avec son feuillage épanoui l'empêche. Il faut attendre l'hiver. Mais en hiver rien n'est en fleur sur son balcon, les plantes se replient sur elles-mêmes.

Est-ce que sa larme - elle lui semble qu'il y en a une - s'est déjà transformée en une larme de sang ? une larme rouge ?

Il y a une confusion entres larme et arme. Est-ce qu'une larme peut être une arme ? Une arme contre quoi, pour atteindre quel but ? On dit parfois, que les gens en larmes cherchent à faire chanter avec leurs larmes, lesquelles susciteraient de la compassion, de l'adoucissement chez l'autre personne et qui renoncerait à la décision prise. Il y a de vrai dedans.

Mais il est vrai aussi que des vraies larmes peuvent libérer la personne souffrante, que ses larmes ne sont pas une arme contre l'autre pour le faire changer d'avis mais qui ont comme seul but de libérer la personne qui pleure de son passé, de son enfance, de ses traumatismes, des injustices, des malheurs quelconques. La personne fondue en larmes a seulement besoin d'une oreille et d'un cœur à l'écoute.

Quand il avait demandé son nom, Isabelle a hésité de lui donner son nom de famille pour éviter qu'il sonne à la porte de son appartement. Elle n'a donc donné que son prénom et ensuite il a fait la même chose.

Le voisin devant elle, à quoi jouera-t-il ? Arme ou larme ?

Chapitre IV (les toilettes ; la droite)

Aujourd'hui dans la merde. Elle a nettoyé les toilettes où la merde collait encore dans le bassin. Elle n'était pas fâchée, c'est pareil chez elle, il faut le faire. Chez lui où elle faisait le nettoyage et chez elle où elle le fait bien évidemment aussi. Ça lui rappelle le nouveau ministre de l'intérieur Retailleau qui appelle à l'ordre, à l'ordre dans tous les domaines bien qu'il n'ait pas à se mêler des affaires des autres ministères.

Elle a donc mis de l'ordre dans la salle de bain où manquait du papier toilette et d'autres choses. Elle ne prévoit pas d'ennuyer avec cette merde de travail, car c'est pour tout le monde la même merde, mais bien sûr il y a ceux - et ils ne sont pas rare - qui délèguent ce travail de merde.

Le soir elle a écouté à la radio Deutschlandfunk dans l'émission « jazz live » un concert de jazz « Soulcrane und Isabellent Derache » à Cologne qui date de 2.6.2024.

Une haine contre une partie de la société est propagée par la droite, donc beaucoup ne regarde plus les gens appartenant à cette partie méprisée de la société. Comme à l'époque du fascisme quand on ne voyait plus les files d'attente devant les magasins où ils vendaient jusque-là de bonnes choses. Personne n'y achetait plus parce que la propagande de la droite avait attisé la jalousie et l'envie, la haine. C'est comme ça, que ça marche, se disait Isabelle en croisant des gens d'un pays étranger. Le monde de haine n'attend que prendre le pouvoir.

Isabelle est très contente de retrouver Sorin, un jeune homme au service dans le café, il est le meilleur de l'équipe qui lui prépare un café au lait avec de la mousse superbe. Il sait que son service lui fait du bien. Aujourd'hui elle lui a demandé comment dit-on « bonjour » en Roumanie, car il vient de Roumanie, on dit entre autres possibilités « Neata » (buna dimineata) .

Chapitre V (Sorin du café)

Elle salue le serveur Sorin avec le mot Neata (bonjour). Après avoir reçu son café elle aimerait savoir le mot pour « Merci ». Elle apprend que pour « Merci » il y a le mot « Merci ». Elle dit. « Comme dans le français ». Il répond qu'il y a dans la langue roumaine le français, l'anglais, l'espagnol mais pas de mot allemand. Pour lui expliquer en détail le pourquoi son allemand ne suffit pas encore. Il dit, c'est parce que le roumain est une langue latine, donc les mots français et espagnols, et l'anglais parce que c'est une langue universelle qui introduit ses mots dans beaucoup de langues.

À la télé Isabelle tombe par hasard sur un documentaire sur une vieille ville allemande au milieu de Roumanie, qui s'appelle Hermannstadt, en roumain « Sibu », un héritage des colons allemands de Saxe du 12e siècle.

Elle apprend aussi que la droite pro-russe et anti-européenne progresse en Roumanie ce qui n'est pas une bonne nouvelle. C'est la même chose en

Géorgie, où la police intervient avec violence contre les manifestants.
Et en France la droite et la gauche ont fait cause commune et ont renversé le Premier ministre Barnier.

Le temps est mauvais. C'est à cause de la pluie que les gens parlent d'un temps mauvais. Mais Isabelle profite de ce jour pluvieux pour respirer mieux. Elle aime que le temps passe de la pluie au soleil et du soleil à la pluie ou même à la neige. C'est agréable, bien sûr si les périodes ne durent pas trop longtemps, parce que dans ce cas elle commence à souffrir.
Autour d'elle des parapluies ouverts, qui cachent les visages des personnes et c'est agréable, car regarder tout le temps dans les yeux des autres, dans leurs visages souvent fermés et avec des coins de la bouche tombants est fatiguant, donc Isabelle apprécie les pauses. Souvent elle croise un visage insolent, violent comme si ces gens voulaient la pénétrer, lui dérober son identité, l'anéantir. Dans ces moments-là elle souffre, elle baisse sa tête. Elle ne pense pas qu'ils veulent lui faire du mal, peut-être si, mais plutôt il est qu'ils se trouvent dans un malheur ou qu'ils sont jaloux et envieux. Elle pense qu'il faut beaucoup pardonner.

Sorin n'a pas assez dormi, seulement 2 heures ce qui est évidemment trop peu. Mas il n'aime pas dormir, ce serait perdre son temps. Quand elle lui demande son hobby, il répond qu'il est un streamer. Elle comprend, streaming est en vogue. Quand elle demande s'il regarde des films ou s'il joue, il répond qu'il est joueur. Oui, cela aussi est à la mode, il y a même des congrès mondiaux pour les rencontres de joueurs. C'est un monde qui ne l'intéresse pas. Elle sait déjà qu'il y a des mondes différents en même temps. Dans l'appartement au-dessus du sien habite une vielle femme de 90 ans qui ne fait que des puzzles toute la journée jusqu'à tard dans la nuit.

Il pleut toujours, mais la jeune femme est comme d'habitude assise sur le rebord de sa fenêtre ouvertes. Un jour Isabelle lui demande, car elle passe tous les jours devant son appartement au rez-de-chaussée. Elle étudie des livres scientifiques sur les plantes. Ce qui est dommage, c'est qu'elle fume, et cela tous les jours comme son petit-ami fumeur qu'on voit parfois aussi assis sur le rebord de leur fenêtre ouverte. Mais la plupart du temps elle a sa tête baissée et Isabelle passe inaperçue devant elle.

Chapitre VI (Sorin et Herta Müller)

Le sourire de Sorin de Roumanie est un sourire qui ne fait pas mal, il ne la blesse pas. Il lui rappelle le sourire d'un jeune garçon dans une maison pour orphelins et orphelines en Roumanie. L'état de cet orphelinat était désastreux. Mais il y avait là-bas un adolescent souriant. Ce jeune homme avait découvert un radio transistor, avec lequel il était sur le terrain derrière la maison en écoutant la musique qui en sortait. La musique lui faisait tellement plaisir, qu'il a commencé à danser lentement au rythme de la musique laquelle faisait naître un sourire sur ses lèvres, un sourire qui ne faisait pas mal, qui ne blessait pas, mais suscitait le bonheur.

Sorin ne sourit pas tout le temps, évidemment, seulement quand il l'aperçoit. Quand il ne sourit pas, c'est grave. En entrant au café, elle rencontre souvent son dos, parce qu'il est en train de préparer des petits pains. Puis elle dit bonjour et il se tourne lentement, elle découvre une expression douloureuse, méfiante, comme s'il a peur de quelque chose, de ce qui va arriver, une peur de la Securitate peut-être bien qu'elle n'existe plus réellement, au moins pas sous cette forme.

Puis il prend conscience d'elle, de son sourire, et son visage s'éclaire parce qu'il n'a rien à craindre d'elle. Elle se sent comme une personne familière.

La Roumanie lui rappelle aussi Herta Müller, l'écrivaine roumaine qui a reçu le prix Nobel de la littérature en 2009. Elle pense souvent à son livre dans lequel elle parle des interrogatoires terribles de la police secrète chez laquelle elle a été convoquée sans relâche.

Dans la boite où elle met des papiers non classifiables, elle cherche une photo de l'accordéoniste décédé, dont elle avait gardé la photo qui était vendue après sa mort pour aider à son enterrement. Isabelle l'aimait bien. Il jouait sur son accordéon dans la zone piétons. Beaucoup de gens l'aimaient cet homme dans les soixantaines, qui était tombé malade mais ne voulait pas se faire opérer à cause des frais, c'est ce qu'Isabelle avait entendu. Elle ne trouve plus la photo dans la boite. Peut-être l'avait-elle mise parmi ses photos personnelles. Elle le voyait devant elle avec toujours un petit chapeau sur sa tête et son inclination de tête sans interrompre son jeu quand elle mettait ses pièces dans son gobelet.

Quand elle disait aujourd'hui à Sorin « Va multumim » ce qui veut dire « Merci » en français, il était perplexe et elle recevait un beau sourire. Il a commencé une phrase : « C'est… », mais il n'a pas fini, car l'allemand ne passait pas sur ses lèvres. Elle quittait le café avec son beau sourire lequel laissait apparaître ses belles dents blanches.

Chapitre VII (la colère contre le viol)

Son voisin passait devant elle avec son vélo, mais il roulait très lentement. Il s'est retourné plusieurs fois pour s'assurer que c'était bien elle. Isabelle s'est dit que c'était peut-être le moment de l'aborder quand-il s'arrêterait devant le magasin parce qu'elle voulait être sûre que c'était lui qu'elle avait vu au concert de jazz à l'église il y a un an, un homme qui l'avait regardée incessamment et elle avait évité de croiser son regard. Les musiciens jouaient en hommage de Django Reinhardt. L'église battait son plein. Isabelle se tenait debout sur une marche dans l'escalier, toutes les places assises étaient prises. Il se tenait vis-à-vis d'elle, ne regardait pas en direction des musiciens, mais dans sa direction, il fixait son visage sans relâche. Elle croyait que c'était son voisin avec qui elle n'avait pas eu de contact jusqu'à présent et lequel elle n'avait jamais vu de tout près. Tout de même elle croyait que c'était lui à cause de ses cheveux longs. Isabelle s'était faite une image de son voisin avec des cheveux longs et beaucoup plus jeune qu'elle.

C'était pourquoi elle s'était forcée à ne pas croiser son regard.

Quand Isabelle lui a adressé la parole devant le magasin où il était en train d'attacher son vélo, il lui a répondu à sa grande surprise qu'il n'a jamais assisté à un concert de jazz dans une église. Il ne connaissait même pas cette église laquelle se situe pourtant dans leur quartier résidentiel. Bien qu'il le dise à plusieurs reprises Isabelle n'arrivait pas à le croire, tellement elle était convaincue que l'homme dans l'église était lui. Son voisin, l'homme devant elle, avait les cheveux en arrière, donc elle ne voyait pas la longueur de ses cheveux. Pourquoi tenait-elle à sa vision qu'il portait des cheveux longs ? Cela donnait à l'homme un aspect féminin et réduisait donc sa peur, la refoulait au plus profond d'elle-même pour ne pas sentir son cœur battre plus vite parce que l'homme devant elle pourrait être un violeur, il pourrait même être l'homme qui l'avait violée quand elle était jeune et a abusé d'elle par la suite. Sans doute elle voulait étouffer le souvenir qui l'empêchait d'avoir des rapports normaux sans toujours sentir cette peur. Cette peur qui est une bête féroce, cette peur qui cache aussi la colère d'Isabelle d'avoir été violée, d'avoir été coincée entre mort et vie, d'avoir été forcée à abandonner sa défense, d'avoir été réduite au silence. Cette colère contre lui, contre le violeur, elle sort enfin dans cette nuit où elle y pense sans raison en se réveillant à 2.25 heures. Son subconcient a laissé échapper la rage, la fureur, la colère pour un petit moment dans le creux de la nuit. Le trou plafonné, qui héberge la peur, la douleur et une colère énorme s'est ouvert et refermé. Mais au moins Isabelle a été en contact avec ces sentiments refoulés.

Quand elle avait croisé son voisin la deuxième fois il ne portait pas de cheveux longs, pas très courts non plus. Elle a fait attention expressément. Donc il est possible que ce ne fût pas lui au concert à l'église. Et il est possible qu'il ne soit pas un violeur.

Chapitre VIII (Sorin, la Securitate et le BdM)

Quand Sorin n'est pas là, Isabelle a froid, elle a des frissons, comme s'il la protégeait avec son sourire doux, comme s'il comprenait son être, comme s'il était de son côté.

Il est trop jeune pour avoir vécu le temps de la terreur de la police secrète, l'une des plus brutale dans son pays, la Securitate, dont parle l'écrivaine Herta Müller, qui devait subir des entretiens forcés. Mais ce qui a traversé son pays reste dans les vènes des générations, donc c'est aussi en lui.
Isabelle a vu à un de ces jours le film « Metronom » du réalisateur roumain Alexandru Belc. Il est en langue roumaine, sous-titré et traite - à travers un jeune couple et ses amis encore des écoliers préparant leur baccalauréat - le thème de la pression de la part de la Securitate et ce que cela implique. Ce film a été présenté au festival de Cannes en 2022. Il a remporté le prix de la mise en scène dans la section « Un certain regard ». Isabelle en a parlé à Sorin, qui est roumain, mais il disait qu'il serait un « streamer », qu'il ne

regarderait pas des films, mais peut-être s'il avait le temps, il le regarderait tout de même.

Le fascisme en Allemagne du 3eme Reich, lui aussi, coule dans les vènes des gens, donc aussi d'Isabelle et menace encore, une menace constante.

La mère d'Isabelle était dans l'organisation nazie pour les jeunes filles, le BdM, « Bund deutscher Mädchen » (union des filles allemandes), elle disait qu'elle avait participé pour se divertir, car pour la fille de paysans qu'elle était, il n'y avait pas beaucoup d'avertissements, c'est là où elle a été imprégnée par l'idéologie nazis comme Isabelle par l'idéologie de l'église, des sermons tenus de la chaire et aussi elle a été influencée par sa mère.

Sorin a toute sa famille ici. Ils habitent tous ensemble. Sa sœur aussi travaille dans le service d'un café, mais l'autre sœur a préféré de rester en Roumanie avec sa propre famille, elle est enseignante et mère de trois enfants, mais deux étaient des enfants morts dans son ventre, Sorin pointe son ventre.

Hier il avait un jour de congé, mais il est venu pour deux heures tôt le matin à cause d'un manque de personnel. Quand il l'a vue, il lui a fait son café préféré sans avoir échangé un mot sur sa commande du café, après il s'est éclipsé. Il a dû sentir sa présence, qu'Isabelle était là, la raison pour laquelle il a tourné lentement son dos, car il était en train de préparer quelque chose, puis il s'est tourné vers elle en la souriant et a préparé son café. Elle pensait à l'expression « Se comprendre sans mot dire ».

Dans l'équipe de Sorin travaille une jeune femme, qui semble très dure. C'est-à-dire Isabelle l'a perçue ainsi. En la croisant ou quand elle prend sa commande, Isabelle est toujours traversée par une anxiété, un malaise, presque une peur, parce que cette jeune femme ne bouge pas ses lèvres. Toute son expression est rejet, donc Isabelle souhaitait en allant au café qu'elle ne serait pas au service, mais elle lui donnait néanmoins toujours un bonjour en souriant.

Puis elles se sont rencontrées dans les escaliers, Isabelle venait des toilettes et la serveuse de l'entrepôt du café. Isabelle s'est adressée à elle en disant qu'il y a beaucoup de client*es aujourd'hui, donc beaucoup de travail et là d'un coup c'est sorti d'elle. Elle s'est plainte du manque de personnel, qu'elle aurait déjà demandé une serveuse supplémentaire au supérieur, mais il ne réagit pas. Elle serait à bout de souffle, le supérieur ne serait pas compétant... . Isabelle souhaitait que la situation s'améliore pour elle et l'équipe. En réponse la jeune femme lui a souri ! et lui souhaitait un bon dimanche ! La glace était brisée.

Son café aujourd'hui est fait par une jeune femme aimable de l'équipe, c'est Jade, qui vient d'Indonésie. Elle a passé un temps douloureux, car son petit-ami habite dans une ville voisine et est beaucoup occupé par ses études et son travail. Quand elle avait vu Isabelle au café, elle s'est approchée d'elle et l'a serrée dans ses bras, elle ne voulait même pas prendre son argent et Isabelle n'osait pas le refuser mais a quand-même mis l'argent sur le comptoir un peu plus tard.

Chapitre VIIII (Sorin et l'équipe internationale)

Sorin est de retour. Un soupir de soulagement. Mais il est pris par d'autre travail. C'est donc plus tard qu'ils parlent un peu, le café à ce lundi matin est encore vide.
Ses parents ont vécu le régime Ceausescu, le temps de la Securitate. Elle lui parle de Herta Müller qu'il ne connait pas. Isabelle lui montre sur l'internet l'écrivaine célèbre, qui a obtenu le prix Nobel de la littérature, née en 1953. Il la cherche sur son propre smartphone.
Ses parents sont venus il y a 7 ans et travaillent dans l'entrepôt. Ce dimanche il a fait une petite promenade avec eux dans les bois à côté de son quartier résidentiel. Sa sœur est en vacances en Roumanie chez l'autre sœur qui est restée là-bas.
Dans la maison habitent aussi d'autres compatriotes et tous font la fête tous les jours. Il dit que l'avantage serait que personne ne préviendrait la police en raison du bruit. Deux fois par mois il joue la batterie électrique, l'autre batterie est restée en Roumanie. Il joue avec un

collègue vietnamien, son meilleur ami, qui joue au piano. Isabelle aime également le petit vietnamien. Actuellement il est en vacances. Sorin montre une photo de lui, elle reconnait son expression sympa. Dans l'équipe de Sorin ne travaillent presque que des étudiant*es venant de l'étranger. Ils viennent de Vietnam, des Philippines, de Roumanie, de Colombie, de Croatie, de Kosovo, d'Indonésie, de Turquie, d'Ukraine, d'Italie, … .

La droite déteste les migrant*es et en général les étrangers et étrangères, au pouvoir elle fermerait probablement ce café.

Pour leur petite conversation Sorin a interrompu le balayage des feuilles d'automne qui sont entrées en masse par la porte ouverte. Oui, c'est déjà l'automne.

.

Chapitre X (Arthur et Long Covid)

Le voisin de l'autre côté de la rue n'utilise pas son balcon parce que c'est un balcon avec plafond et des murs aux deux côtés, c'est tout de même dommage. Le locataire sur le premier étage de son immeuble à mis des arbres en pots sur son balcon ce qui est une bonne idée, bien que le soleil n'y arrive jamais, mais voir le vert est bon pour les yeux.

Isabelle se souvient d'avoir vu sur le balcon de son voisin une corde à linge, qui était tendue en travers du balcon, et de nombreux masques Corona y étaient attachés. Elle était surprise, car ils étaient si nombreux qu'il n'y avait pas d'espace entre eux.

Elle repense à ce qu'il disait, qu'il ne travaille pas, car il serait malade. Elle se demande si ce n'est pas du Long Covid, car si on a le Long Covid on souffre parfois d'une fatigue infinie. En tout cas il a exprimé des phrases très lentement, par exemple il a dit au ralenti « Vous regardez des crimes ? » Il en était peut-être déçu. Mais par contre il s'exclamait rapidement et cela ressemblait à une manière enfantine, quand il a raconté d'une rencontre fortuite dans le bus avec une personne qu'il connaissait il y a des décennies : « Mon Dieu, comme elle a vieilli ! » Isabelle a répondu : « Tel est le cours de la vie, cela arrive à nous tous ». Il l'a confirmé par un « oui » résigné, prononcé lentement. Elle pensait aussi à elle-même, une vieille femme de 75 ans, mais d'après ce que disent les autres, elle a gardé un aspect jeune. Peut-être elle saurait un jour pourquoi il voulait la connaître.

En pensant à son air fatigué il est possible aussi qu'il soit dépressif au lieu de porter en lui du Long Covid.

Il regrette qu'il ne dispose que d'une seule chambre contrairement à elle, qui a vécu avec son fils et donc dispose d'un appartement à 3 pièces. Après le départ de son fils elle a installé son atelier de peinture dans sa chambre plutôt que de louer un atelier à l'extérieur ce qui aurait été trop cher. Le ton légèrement provoquant de son voisin révèle sa jalousie et qu'il trouve injuste qu'elle dispose de plus de place que lui, il dit : « Vous avez de la chance ! »

Elle était même une fois il y a des décennies dans l'appartement qui habite maintenant le voisin. À l'époque il y habitait une enseignante de maternelle qui observait Isabelle en train de sculpter des figurines à la fenêtre ouverte. Elles nouaient une amitié décontractée, mais bientôt elle a connu par une annonce dans un hebdomadaire renommé un homme beaucoup plus âgé qu'elle avec de l'argent, qu'elle a bientôt épousé. Il a acheté une maison dans le nord de l'Allemagne où ils s'installaient. C'est là où elle a commencé à faire de la peinture, laquelle Isabelle a commenté dans un e-mail. L'ancienne voisine lui a demandé si elle pouvait réutiliser son commentaire sur son art. Bien sûr, Isabelle n'avait rien contre. Mais le contact qui était de toute façon rare, a cessé. Elle n'avait jamais reçu une invitation.

Le voisin Arthur se plaint des gens au-dessus de son appartement, qui jouent avec des boules dures sur le plancher en bois et d'autres voisins avec des petits enfants lui tapent sur les nerfs. Il imagine que c'est calme dans l'immeuble de 1920 où habite Isabelle, mais non, elle met même des bouchons d'oreille pour atténuer le bruit de ses voisins dans les salles de bains et dans les autres pièces.

Chapitre XI (les habitants de la maison)

En-dessous de l'appartement d'Isabelle vivait une famille avec quatre jeunes enfants et en face de leur appartement une famille avec trois jeunes enfants, tous ensemble produisaient un vacarme qui était difficile à supporter.

Le voisin Arthur dit, qu'il adapte son rythme de vie au rythme de vie des autres pour moins souffrir et déplore que les gens dans son immeuble ne répondent pas à son bonjour quand il les croise dans l'escalier.

Isabelle le comprend, ce n'est pas amusant. C'est autrement avec les gens qui habitent dans la maison d'Isabelle bien que les relations plus ou moins amicales se limitent à une personne. Mais presque tous les locataires de sa maison disent bonjour et parfois ils échangent même quelques phrases. Les vraies amies et les vrais amis sont depuis longtemps parties au moment où ils ont changé leur vie. Elle connait beaucoup d'histoires qui se sont produites dans cette maison.

Elle pense à Ole, le mari de Fiona, tous deux si gentils, Isabelle a été souvent chez eux. Un jour Ole a connu une autre femme et a tellement souffert du conflit qu'il s'est jeté dans le vide. Fiona était malheureusement alcoolique, mais travaillait néanmoins comme enseignante. Elle a fait une cure de désintoxication. Ole l'accompagnait. En tant que partenaire il était co-dépendant. Il avait dix ans de moins qu'elle. Elle était sûre qu'il ne la tromperait pas. Isabelle ne savait pas d'où Fiona prenait cette certitude, peut-être croyait-elle qu'il était dépendant d'elle, parfois elle avait l'impression que Fiona voyait en lui un enfant obéissant. Isabelle aimait bien les deux et allait et venait chez eux, qui n'avaient jamais fermé à clé la porte d'entrée sauf dans la nuit. Ils n'avaient pas d'enfants, mais un petit chien. Parfois Fiona trainait dans les bars où elle s'exhibait. Elle sonnait chez Isabelle tard dans la nuit en revenant d'un bar complètement soule. Elle voulait dormir chez elle pourque Ole ne la voie pas dans cet état désastreux. Isabelle lui a fait un lit. À la maison elle aimait danser devant un grand miroir et fantasmait que les jeunes hommes l'admiraient. Une autre fois tard dans la nuit elle a sonné parce que le conducteur d'un taxi l'a suivie jusqu'à devant sa porte de son appartement pour profiter de son état alcoolisé. Puis Fiona voulait se sentir plus en sécurité et a donc demandé le mariage. Ole ne s'en est pas opposé. Mais il a quand-même dû souffrir de la relation, de laquelle il ne pouvait pas se détacher malgré l'autre femme dont il était amoureux. Quand ils ont déménagé à la campagne, le fil de contact devenait plus faible, car le lieu n'était accessible qu'en voiture et Isabelle n'en possédait pas.

Un jour, peu avant Noël, Ole sonnait à la porte d'Isabelle parce qu'il était dans le coin. Elle était en train de sculpter des petites figurines. Il les appréciait. Isabelle trouvait sa visite bizarre parce qu'elle était sans raison. Après son suicide elle a compris que c'était une visite d'adieu. Elle l'aimait bien, il lui avait toujours aidé quand il y avait un problème dans son appartement.

Accrochée sur le mur dans l'appartement de son fils il y a une photo sous verre, qui montre le fils d'Isabelle attaché au corps d'Ole, les deux volent dans l'air, car Ole pratiquait le parapente et avait une fois emmené son fils aveugle qui se souvient encore aujourd'hui de la sensation, du plaisir de voler en air.

Fiona était en colère contre Ole, car après sa mort elle a découvert, qu'il lui a laissé des dettes de 20.000 euros. Elle pensait, qu'il avait dépensé cet argent pour répondre aux besoins et aux attentes de sa petite-amie.

Puis Fiona a été atteinte d'un cancer de sein. Le fil de contact s'est encore une fois affaibli, car Fiona vivait à la campagne, difficilement à joindre pour Isabelle qui n'était pas motorisée. La sœur d'Ole refuse le contact avec Fiona, car elle pense que celle-ci est coupable de la mort de son frère aimé et ne pense qu'avec colère à elle.

La locataire qui succédait à Fiona et Ole était Evelyn. Elle est tombée amoureuse d'un homme d'origine de Corée du Sud, elle s'est mariée avec lui très vite. Il a emménagé chez elle, mais bientôt elle l'a surpris avec une autre femme dans leur lit conjugal. Elle a divorcé, mais s'est remarié avec lui pour encore tomber dans le même piège. Après une nouvelle séparation un nouveau essaie avec le même homme, duquel elle a eu deux enfants entretemps. Leur couple ne marchait pas malgré les enfants. Il lui a acheté une maison et est parti pour de bon avec une compatriote de Corée du Sud. La mère d'Evelyn qui vivait sur l'autre côté de la rue avait, elle aussi, des problèmes dans son couple et s'est séparée de son partenaire qui fleurtait trop avec d'autres femmes. Elle s'occupait des enfants d'Evelyn pendant que celle-ci suivait ses études. Isabelle et elle se sont perdues de vue et puis Evelyn a carrément refusé de reprendre le contact avec Isabelle parce qu'elle ne pouvait pas accepter qu'Isabelle soit impuissante devant la classe, qu'elle souffrait des agressions des élèves, et n'est pas arrivée à installer une discipline. Evelyn pour sa part travaillait avec des personnes vieilles qui étaient dépendantes de ses soins et qui étaient plutôt tranquilles.

Isabelle avait été surprise qu'Evelyn avait pris sans scrupule l'armoire en bois dans la cuisine d'une plus ou moins vieille femme, qui venait de mourir. Pour Evelyn ce n'était pas une impertinence, mais du réalisme, car si elle ne prenait pas l'armoire antique, ce serait certainement le propriétaire de l'immeuble, car elle pensait que cette dame n'avait pas de proche.

En dessous de l'appartement d'Isabelle vivait une famille avec quatre enfants. Le mari marocain qui se plaignait devant elle de sa femme, laquelle simulerait des maladies abdominales, a demandé à Isabelle si elle ne voulait pas être son amante. Quelle merde.

Les quatre jeunes enfants avaient presque toujours les trois enfants chez eux qui habitaient en face d'eux. Souvent Isabelle quittait son appartement, car elle ne supportait pas toujours leur vacarme.

Un jour, la femme a sonné chez elle et se plaignait de la radio qu'Isabelle aurait mis à fond. Elle lui a proposé d'entrer et de s'assurer qu'il n'y avait pas de radio allumée. O mon Dieu.

Mais la femme est arrivée à se séparer de son mari. Chapeau.

Chapitres XII (les morts dans cette maison)

Cette maison a connu tant de destins et aussi beaucoup de locataires morts. À chaque étage il y a quatre appartements. Au premier étage quatre personnes sont mortes l'une après l'autre.

D'abord Mme Kalis de 80 ans, qui exerçait encore les fonctions de concierge pour l'immeuble. Elle était enviée par notamment deux femmes qui attendaient de prendre son poste de concierge. Isabelle aimait bien Mme Kalis, mais pas celles qui étaient jalouse de son poste de travail. Elle était petite et marquée par l'âge, le souffle lui manquait de plus en plus. Parfois son petit-fils lui rendait visite et l'aidait comme Isabelle le faisait aussi. Mme Kalis l'invitait dans son appartement qui était vieux évidemment, mais le sien n'était pas beaucoup mieux non plus. Elle était très fière quand son petit-fils avait repeint une pièce de son appartement. Elle parlait du temps du troisième Reich où il fallait hisser le drapeau nazi avec la croix gammée sur le balcon, mais elle ne l'a pas fait, donc elle recevait à plusieurs reprises des visites des fonctionnaires nazis, car elle s'obstinait à ne pas suivre les instructions. Elle a trouvé à chaque fois de leurs visites des excuses plausibles. Isabelle admirait Mme Kalis pour son courage.

Un jour, malheureusement elle est morte. La femme qui habitait en dessous d'elle, l'a entendue crier de toute sa force le mot : « Maman !».

Les femmes qui n'aimaient pas cette petite dame, la concierge, n'aimaient pas Isabelle non plus. Elles étaient de caractère à mettre des petits cailloux sous le paillasson de la porte d'Isabelle pour contrôler si elle avait balayé et elles l'ont dénoncée chez le propriétaire, car elle avait pris une sous-locataire. Le propriétaire l'a donc menacée de la licencier si sa sous-locataire ne partait pas immédiatement. Puis elles se sont plaintes de son vélo et ainsi de suite.

Louise, la femme qui habitait en dessous de Mme Kalis et qui avait appelé les secours n'a pas survécu plus longtemps. Elle et Isabelle avaient noué une amitié. Un jour Louise disait d'un ton humoristique qui lui était familier : « Tu sais, j'ai attrapé le bonheur », elle riait et disait qu'elle était atteinte d'un cancer du poumon.

Dans ses dernières semaines elle a beaucoup souffert. Cette fois-ci c'était le locataire qui avait emménagé dans l'appartement de Mme Kalis qui a entendu le cri : « Au secours ! »

Son fils avec qui Louise a vécu toute sa vie ensemble était déjà parti. Leur relation a été marquée par la domination d'elle sur son fils, il devait la suivre partout et l'aider. Elle n'a même pas consenti, qu'il parte pour quelques jours avec une autre amie, son partenaire et son enfant, habitant également dans l'immeuble. C'était en quelque sorte incompréhensible, parce qu'ils se connaissaient très bien et pour le fils de Louise, ça aurait été un divertissement, mais elle n'acceptait pas qu'il fasse quelque chose sans elle. Peut-être il était un ersatz du père alcoolique et absent qui ne voulait en aucun cas vivre avec elle, mais elle n'a pas lâché prise pendant tout sa vie. Le fils était sous la pression de sa mère qui se vantait d'avoir réussi à bien élever son fils, alors qu'elle avait toujours vécu sans partenaire. Elle tombait donc des nues, quand elle a appris que son fils lui avait menti. Il séchait les cours et n'avait même pas participé aux épreuves de baccalauréat. Il se cachait dans l'appartement quand sa mère était partie au travail. Louise commençait à le mépriser, à le rabaisser devant les gens, mais c'était en quelque sorte déjà le cas depuis toujours, bien que de manière subtile. Peut-être elle a

inconsciemment puni le père, elle se vengeait peut-être de son refus d'accepter une relation de couple avec elle.
Quand le fils avait une petite-amie et deux enfants, Louise était en quelque sorte reconciliée, mais il est resté le fils raté et le coupable de tout.

Isabelle se souvenait aussi, que Louise se sentait fortement désavantagée par rapport à son frère, ce qui se reflétait dans les vives disputes sur l'héritage qui ont laissé des blessures.

Aussi avec le voisin de l'immeuble à côté, elle a eu à répétition des disputes, car il était restaurateur et se débarrassait des restes de nourriture - qu'il jetait dans un container, mais ça puait quand-même - juste à côté du minuscule jardin de Louise.

Puis elle a mené pendant des années une bataille juridique avec le propriétaire, car elle vivait dans un appartement commercial, mais ne payait que pour un simple logement qu'elle avait repris d'amis. À la fin, le tribunal lui a donné raison.

Elle s'est luttée aussi pour garder son poste de travail. Elle était déléguée du personnel et gagnait plus que ses collègues et aussi elle a eu des heures de congé et faisait des voyages, des avantages qui suscitaient de la jalousie.

Isabelle avait l'impression que Louise se battait sur tous les fronts. Elle avait évidemment un esprit combatif, elle disait qu'elle ne se laisserait pas faire et méprisait son adversaire. Faut-il mépriser son adversaire pour avoir la force de le battre ?

Une autre femme qui mourut, c'était la femme du couple qui habitait en face de l'appartement de Mme Kalis. Elle tricotait beaucoup, surtout pour enfants, bien qu'elle-même n'eût pas des petits-enfants, elle a donc offert ses tricots à la jeune mère dans l'immeuble. Elle mourut peu après le diagnostic d'un cancer du sein.

Son époux handicapé depuis son accident vasculaire cérébral a vécu encore quelques années. Chaque jour venait une voiture le chercher pour le conduire au port. Il s'y installait et regardait les bateaux petits et grands, des containers venant de loin et des gens qui se promenaient devant lui et observaient comme lui l'activité du port.

Pour qu'il puisse monter aisément au premier étage le propriétaire a installé une rampe au mur où le locataire handicapé pouvait s'accrocher. Peut-être lui et le propriétaire ont partagé les frais pour la rampe. Son problème était sa jambe droite, qui ne marchait plus comme avant son accident vasculaire cérébral.

Cela ne l'a pas empêché de monter au troisième étage pour sonner à la porte d'Isabelle et pour lui faire des reproches. Il était convaincu qu'elle ne l'aimait pas et donc pour l'agacer, elle arroserait ses plantes abondamment pour que l'eau dégouline sur son balcon. Il était convaincu qu'elle l'aurait fait exprès. Cela lui rappelait la locataire qui avait été convaincue qu'elle aurait mis sa radio à fond, Isabelle l'avait invitée dans l'appartement pour qu'elle puisse le vérifier et pour s'assurer. Mais lui, comment l'assurer ?
Il avait un fils qui lui rendait de temps à autre visite, parfois avec sa femme. Le fils a laissé entendre que le contact entre eux n'était pas le meilleur, car son père serait difficile. Quand il mourut, il s'occupait des obsèques.

Sur le même étage de ce couple vivait en célibataire le jeune frère de la femme. Il était un fumeur intensif. Quand Isabelle passait devant son appartement, elle devait toujours respirer la fumée qui passait par les fentes entre la porte et le cadre de la porte. Ce n'était pas une surprise qu'il mourut d'un cancer de poumon.

Chapitres XIII (Beaucoup de séparations)

Au deuxième étage vivait une jeune femme, l'infirmière de profession, qui a connu son partenaire dans l'internet. Il a emménagé chez elle, mais s'absentait souvent à cause d'un travail dans le sud de l'Allemagne. Un jour elle a découvert que ce n'était pas un travail qui l'attendait là-bas mais une autre femme avec qui il vivait ensemble depuis déjà quelques années.
Mais elle ne s'est pas laissée décourager. Sa confiance n'était pas brisée, donc elle a connu sur la même plateforme de contact un autre homme avec qui elle s'est mariée. Peu après ils ont déménagé dans un appartement plus spacieux dans un autre quartier résidentiel plus aisé.

Avant l'infirmière, Anouk, une femme de l'âge d'Isabelle, vivait dans l'appartement, avec elle Isabelle s'est liée d'amitié.
Elle enseignait l'allemand aux étrangers et vivait seule, son partenaire ne voulait pas d'enfant. Elle avait demandé l'avis d'Isabelle quand elle était

tombée enceinte. Isabelle l'a encouragée de mettre l'enfant au monde, car elle le désirait tant malgré ses doutes et ce serait elle qui s'occuperait de l'enfant. Après l'accouchement il était un père adorable, qui aimait son enfant et assumait sa responsabilité. Puis Anouk a été enceinte avec un deuxième enfant, il lui fallait encore l'encouragement d'Isabelle. Elle a dit oui à l'enfant parce qu'Anouk s'occupait bien de son premier enfant. Evidemment le père aimait également le deuxième enfant.

Mais au fil du temps leur relation s'est dégradée et il s'est lié avec la femme de son frère. Anouk n'était bizarrement pas fâchée, car, comme elle disait, les deux se sont toujours bien entendus, ils ont parlé des heures pendant les fêtes familiales. Comme un couple raisonnable, ils ont donc résolu le conflit, ce n'était pas un problème pour eux. Elle a déménagé avec les deux enfants dans un logement plus grand et dans le coin. Le soir quand Isabelle lui rendait parfois visite Anouk a posé pour ses dessins. Avec les enfants ça marchait bien, elle recevait de l'aide social, puisqu'elle avait arrêté de travailler.

De temps en temps elle rendait visite à son père, un homme qui vivait en grand. Il était un bon vivant qui courrait dans le jardin derrière la maison familiale en criant : « J'ai tué ma femme, je suis un assassin ! », après que sa femme ait commis suicide, ce qu'elle avait déjà essayé plusieurs fois. Cette fois Anouk n'est pas venue à temps comme les autres fois pour sauver sa mère. Il n'a pas été un époux fidele au cours de leur vie de couple, c'était peut-être la raison. Anouk vivait assez solitaire dans la petite cellule familiale et allait souvent dans la forêt non loin.

Elle prenait les épreuves lesquelles « le destin » lui imposait avec une étonnante impassibilité, comme si elle était préparée à ces coups durs et comme si elle n'en souffrait pas beaucoup. Elle regardait en avant. La vie devait suivre son cours.

Le moment est venu où elle est tombée amoureuse d'un marocain. Elle l'a suivi au Maroc avec ses deux enfants pas encore en âge d'aller à l'école. Le père était contre et l'avait même menacée pendant un certain temps d'informer les administrations, mais il ne l'a pas fait. Au Maroc elle vivait avec son amant et sa famille à la campagne, elle s'est adaptée mais ne pouvait pas accepter qu'il ne la regarde pas dans les yeux pendant qu'ils faisaient l'amour. Elle l'a senti comme une humiliation profonde. Puisqu'il ne voulait pas changer son comportement, elle en a tiré ses conclusions et est partie, mais s'est arrêtée en Bavaria où elle a connu un autre homme auquel elle a fait confiance.

Isabelle acceptait de loger son amie Anouk et ses deux enfants pendant trois mois parce que son propre appartement était encore prise, elle l'avait loué pour deux ans. Puis Isabelle lui a transféré un poste de travail comme jardinière d'enfants, pour cette profession Anouk avait les qualifications nécessaires.

Peu après son retour dans son propre appartement Anouk l'a quitté, car d'un coup elle l'a trouvé trop sombre. Par le frère de son ex elle a trouvé un logement grand et lumineux dans un quartier aisé. Le fil de contact avec Isabelle s'est affaibli, mais elles se sont encore régulièrement retrouvées dans le parc, situé entre les deux quartiers résidentiels, pour faire une promenade. C'est pendant ses promenades qu'Anouk parlait des difficultés avec une de ses collègues, mais elle est restée sur son poste de travail jusqu'à la retraite.

Un jour pourtant, Anouk avait marre de ces promenades « stupides », qui se répétaient et ne lui procuraient rien de nouveau. Elle avait entre-temps rejoint une troupe de théâtre, c'était là où elle a trouvé son épanouissement. Isabelle a proposé d'augmenter le temps entre leurs promenades, mais Anouk n'avait définitivement plus envie, même si les promenades n'auraient lieu que tous les trois ou quatre mois. Puis elle a encore une fois changé le quartier résidentiel et Isabelle ne la voyait que par hasard, voire presque jamais. Une fois quand Isabelle était dans le bus, elle a vu Anouk roulant en vélo à côté du bus. Isabelle regardait à travers la vitre du bus la chaussure d'Anouk sur laquelle était cousue une étoile brillante en argent. Une autre fois, Isabelle était de nouveau dans le bus, elle voyait Anouk sur son vélo traversant la rue, elle était habillée en jupe, ce qui était inhabituel pour elle. Elle ne la connaissait qu'en pantalon, à l'époque elle refusait carrément de porter une jupe. Les temps ont changé, pensait Isabelle. Anouk portait des cheveux teintés, alors qu'Isabelle portait toujours son gris-blanc, dont les gens pensaient que c'était des cheveux teintés à cause de la brillance. Isabelle se réjouissait pour Anouk, qui était capable de se renouveler, de changer sa vie, alors qu'elle-même piétinait sur place, au moins elle avait parfois le sentiment.

Malgré le temps qui avait coulé depuis, les blessures grimpaient à la surface et faisaient encore mal à Isabelle.

Soudain elle s'est souvenue qu'Anouk voulait venir chez elle avec sa voiture pour prendre les affaires d'Isabelle car elles voulaient toutes les deux vendre leurs vieilles choses sur un marché au puce. Mais quelques minutes avant le rendez-vous Anouk l'avait appelée pour dire qu'elle prendrait une autre amie en voiture, qui venait de lui téléphoner, il ne serait donc plus de place pour Isabelle et ses choses, elle devrait venir en vélo. Isabelle a senti un choc. Elle n'en revenait pas. Elle est restée bouche bée. La blessure ne s'est jamais guérit. Comme celle d'un autre choc :

Elle avait téléphoné à Anouk qui habitait à l'époque un étage plus bas. Isabelle lui a demandé de venir, car elle aurait une attaque de panique. La peur lui serrait la gorge, elle ne pouvait plus bouger en raison de sa peur qui la faisait gelée. Elle avait besoin d'une amie dont la présence l'apaiserait. Anouk disait, qu'elle ne pourrait pas venir à cause de son enfant. Et si elle montait les marches ensemble avec son enfant ? Non, elle ne voulait pas. Elle a raccroché.

Dans cette série de souvenirs Isabelle s'est souvenue aussi, qu'Anouk avait une fois quitté son appartement - d'après son propre récit - , elle a couru, elle a traversé la rue pour acheter quelque chose dans le magasin de légumes sur l'autre côté de la rue. Mais son enfant à l'insu d'Anouk lui a couru après, et il s'est produit une situation dangereuse avec la circulation des voitures.

Isabelle ne voulait pas que tout, ce qui l'avait blessée, remonte à la surface, mais cela remontait malgré elle. Le refoulement ne servirait à rien, car ce qui était arrivé était arrivé. Peut-être que c'était une bonne chose que leur amitié ait pris fin.

Au troisième étage avait emménagé une jeune femme nommée Adèle, elle y a habité avec une autre jeune femme qui y vivait déjà. Adèle s'intéressait à l'art, Isabelle a donc invité les deux dans son atelier de peinture pour échanger leurs idées sur les couleurs à l'huile, les formes, sur les compositions, sur le matériel. Adèle elle-même peignait avec de l'acrylique. Elle hésitait à étudier l'illustration à l'Académie. Isabelle l'a donc encouragée et ça s'est bien passé, elle a réussi ses études. Isabelle a vu une exposition d'Adèle, elle a exposé ensemble avec d'autres artistes. Puis Isabelle l'a encouragée à accepter l'enfant qu'Adèle voulait, mais elle n'était pas sûr. Entre-temps Adèle avait déménagé et vivait dans un grand appartement avec son partenaire qu'elle a épousé et qui est le père de ses deux enfants.

Sa relation avec sa famille d'origine était difficile. Toujours quand Adèle revenait d'une visite elle avait le cœur lourd. Isabelle lui a donc proposé de faire une psychothérapie. Elle l'a fait, même plusieurs fois pour se débarrasser du passé qui pesait sur sa vie. Elle devenait de plus en plus forte. Ce qui l'aidait aussi c'était son jardin et la musique, elle jouait la basse et a rejoint un groupe de musiciens.

Les rencontres entre Isabelle et Adèle sont devenues plus rares. Peut-être à cause de la différence d'âge. Mais non, cela a dû être autre chose, car un jour, Isabelle recevait une lettre avec des fleurs séchées, signe que leur relation n'avait plus de valeur pour Adèle, qu'elle s'était desséchée comme ces fleurs séchées.

Isabelle avait du mal à l'accepter, surtout parce qu'Adèle ne voulait pas s'exprimer, ce qu'Isabelle avait souhaité et demandé par e-mail. Finalement, elle s'est résignée. C'était encore une fois le cours de la vie.

Et en dehors de la maison il y avait aussi des relations qui prenaient fin d'une manière ou d'une autre. Isabelle avait l'impression que tout était destiné à s'achever.

Chapitre XIV (le voisin et les suicides)

Ça fait un petit moment qu'Isabelle n'avait pas vu son voisin. Elle regarde parfois vers sa fenêtre ce qu'elle n'a pas fait avant. Elle remarque que sa fenêtre est ouverte malgré le froid qui s'est installé. Ce n'est pas inquiétant, car il faut quand-même aérer l'appartement, elle aussi le fait régulièrement.

Une ou deux maisons plus loin de la maison du voisin Arthur, il y avait un suicide. Un jeune homme qu'on a retrouvé pendu au grenier. Elle ne sait rien de plus. Elle ne peut pas imaginer Arthur commettre un suicide, car elle sent en lui une révolte malgré son air fatigué. Un ami de jeunesse s'est suicidé aussi. C'était à Berlin où il est passé à l'acte, il a été quitté par sa petite-amie et aussi parce qu'il a été licencié par l'imprimerie fédérale en raison de son appartenance au parti communiste et troisièmement il s'est senti seul à Berlin. À l'époque on disait : À Berlin on est seul.

Elle ne sait pas si Arthur vit seul, s'il se sente seul comme elle, ce qui est de sa propre faute, de son caractère selon ce qu'elle pense. Bien sûr elle a déjà pensé au suicide, mais elle a encore des obligations et aussi des possibilités de sortir du noir bien que ce n'ait pas facile de faire l'effort et d'abandonner l'âme suicidaire.

La dernière fois quand Isabelle vivait longtemps dans un tunnel, elle s'était résolue de voyager vers la côte d'Azur à cause de la lumière et des expositions des peintres qui y ont vécu, peint, sculpté et photographié, et enfin pour la langue,

Encore une fois y aller ???

Mais le lieu de la nostalgie est aussi un lieu de la douleur.

Isabelle écrit : « C'est un lieu particulier. J'y étais assise longtemps au bord de la mer, très près de l'eau. Vous étiez partis le jour de mon arrivé et vous reveniez le jour de mon départ.

C'est comme si j'y étais encore assise en attendant ».

« Le petit oiseau entre les cailloux

Si j'étais là, je sentirais une tristesse profonde,
je fondrais en larmes,
mes pleures ne s'arrêteraient pas,
comme si j'avais perdu un amour,
qui m'insufflait la vie,
un sentiment de vivre.

Entre les cailloux de la plage
il y a un petit oiseau
qu'on ne voit presque pas,
il ne se distingue presque pas,
il ne peut pas se lever,
il ne peut plus soulever ses ailes,
il ne peut plus voler,
il est pétrifié
comme les cailloux
autour de lui. »

Isabelle sent tout sur la base de son traumatisme dans l'utérus de sa mère, qui ne faisait rien pour qu'Isabelle, l'embryon qu'elle était, aille bien. Au contraire, elle rejetait toute la responsabilité sur l'embryon qui devrait s'accrocher ou pas lorsqu'elle conduisait le tracteur à travers les nids de poule dans le champ, même dans son neuvième mois de sa grossesse. Elle refusait toute responsabilité pour l'embryon vis-à-vis de ses voisines, qui disaient que c'était dangereux pour la vie de l'enfant.

Dès qu'Isabelle est venue au monde elle a été négligée, oubliée et ce mépris s'est poursuivi.

On comprend donc qu'Isabelle semble tout ressentir à travers son traumatisme. Elle est blessée à fond et ne s'est pas relevée de cet abandon, de cette solitude, elle est pétrifiée comme le petit oiseau entre les cailloux.

Chapitre XV (l'ange Jade ; fête de réunification)

À part Sorin, il y a une autre personne qu'Isabelle surnomme intérieurement « mon ange », c'est Jade, elle est très douce, c'est elle qui avait refusé son argent, mais Isabelle l'a tout de même mis sur le comptoir. Elle vient d'Indonésie et travaille beaucoup à côté de ses études. Sa peau manque donc de couleur et elle se plaint des douleurs dans le dos bas. Elle pense que ça vient se sa posture qu'elle prend quand-elle doit porter des choses lourdes et parce qu'elle travaille trop. Demain elle aura un rendez-vous chez une généraliste. Isabelle espère que cela n'est pas grave, mais elle se souvient qu'elle avait participé au marathon de course pour l'amour de son ami. Il est possible qu'elle se soit surmenée.
Elle habite près de la station de métro, laquelle se trouve tout près de l'école pour aveugles et non-voyants, celle qui a fréquenté le fils aveugle d'Isabelle. À la maternelle il avait une enseignante douée et aimée, mais après, les profs étaient des bons et des mauvais et les mauvais, parfois sadique, faisaient souffrir les enfants. Il y avait une

enseignante âgée, pour qui l'obéissance et la subordination était tout, on peut dire une question de vie et de mort. Elle ne pensait pas à l'avenir de ces jeunes gens handicapés, mais à sa propre satisfaction.

Quand Jade, la serveuse de l'équipe, a prononcé le nom de la station de métro, où elle descend et monte tous les jours, Isabelle a eu un petit frisson, puis des souvenirs sont montés.

Isabelle apprend le départ de Sorin dans les prochains jours pour son pays natal. Elle pense ce sera un moment difficile pour elle de ne pas le voir tous les jours, son sourire qui ne blesse pas, qui est accueillant. À part de la famille de sa sœur personne ne l'attend, mais le pays où il est né, où il a vu le jour, où il a vu la lumière du monde la première fois, où il a suivi l'école, où il s'est fait des amis, où il a pris la décision de quitter le pays comme l'avaient déjà fait ses parents et une des deux sœurs - pour tenter leur chance, pour trouver une meilleure vie.

Isabelle aussi a quitté son pays natal, l'Allemagne de l'Est, mais à l'âge de 4 ans, c'est-à dire, c'était la situation politique, qui avait forcé ses parents, qui étaient des agriculteurs, de quitter leur terre du jour au lendemain et de se réfugier en Allemagne de l'Ouest. C'est pourquoi - se sentant toujours déracinée - Isabelle a pensé aujourd'hui à prendre le train spontanément vers la ville de Schwerin située dans l'Allemagne du nord, pour y participer aux fêtes de trois jours de réunification, 35 ans après la chute du mur de Berlin en 1989. Mais elle est restée ici, suivre son train de vie, car elle n'aime pas les rassemblements de masse.

Chapitre XVI (peinture ; locataires)

Isabelle se demande si elle a encore un futur dans cette maison, l'immeuble où elle habite depuis plus de 45 ans.
Elle n'a plus d'amies ici, mais des gens qui lui rendent la vie pénible comme la jeune femme du couple habitant l'appartement en-dessous de son appartement, qui jetait dans sa boite aux lettres des papiers de bonbons vides chaque jour pendant six mois. Elle s'est arrêtée au moment où Isabelle lui a remis le papier dans sa boite aux lettres. Cette voisine interdisait aussi à son époux d'aider Isabelle à déplacer son armoire, de l'aider en général et aussi de lui parler sauf pour lui dire bonjour.
Peu après qu'ils avaient aménagés dans la maison, elle se vantait et disait tout haut dans les escaliers en ouvrant la porte d'entrée de leur appartement, qu'il devait y avoir des gens qui travaillent et qui payent des impôts. Mais déjà après quelques mois elle est tombée malade et depuis elle n'a plus travaillé et dépend financièrement de son mari.

Elle lève encore sa voix dans l'escalier et se promène avec leurs deux chiens dans le quartier ou elle prend la voiture pour les promener ailleurs, ce qui fait aussi plusieurs fois dans la semaine une femme expressément engagée pour promener les chiens. C'est toujours désagréable de la croiser dans les escaliers. Quand Isabelle lui dit bonjour, elle répond à peine et peu audible et sans la regarder.

La femme qui habite en-dessous de cette voisine a complètement coupé les ponts avec elle, elles ne se disent même plus bonjour parce qu'elle fait trop de bruits et souvent elle n'arrive pas à faire taire les chiens et pour d'autres raisons encore. Ils sont aussi les seuls locataires qui mettent leurs affaires, leurs chaussures sur le paillasson devant leur porte, le sac de poubelle, les parapluies, le vieux papier et les vieux cartons, et les habits de leurs chiens ils accrochent au mur de l'escalier. C'est comme s'ils devaient marquer un terrain comme le font des animaux. Heureusement, ils ont à part ce logement une maison à la campagne où ils passent parfois le week-end.

Où aller ?

Peut-être peindre, car la baignade dans les couleurs à l'huile a jusqu'ici aidé Isabelle à supporter le malheur. Mais actuellement elle peint au ralenti, car elle ne se sent pas à l'aise, elle est même malheureuse et la peinture au loin semble difficile à atteindre, comme si elle était un tissu bleu ou rouge ou d'une autre couleur, qu'elle voie au loin, mais lequel elle n'arrive pas à attraper, à toucher, elle n'arrive même pas à s'approcher.

Elle devait peut-être faire un effort puisque peindre lui avait toujours fait du bien quel que soit son problème.

Le jour est passé et Isabelle n'y est pas parvenue. Elle ne pouvait pas comme d'habitude prendre un pinceau et peindre spontanément ce qui lui passait par la tête. Elle était bloquée, freinée. Elle ne sentait plus l'envie de peindre spontanément sans but. Les compositions qu'elle avait en tête ne l'ont pas convaincue, ni les couleurs marron et blanc, soi-disant l'ici-bas et l'au-delà. Il ne lui plaisait pas qu'il n'y ait que deux couleurs dans la composition imaginée, bien que l'ici-bas, la terre, et l'au-delà, le ciel, contiennent le tout. Peut-être il manquait la vie qui bouge, qui est parfois un grand pêle-mêle.

Isabelle s'est resignée à son état d'âme et au lieu de peindre elle a fait un peu de gym et une petite promenade pendant laquelle elle s'est souvenue d'un tableau qu'elle avait vu récemment dans une exposition et dont elle était plutôt écœuré, car le tableau était couvert d'une masse lourde de peinture à l'huile grise et noire, le tableau devrait représenter une rivière le soir. Avec une semaine d'écart Isabelle avait soudain envie de revoir le tableau en imaginant qu'il pourrait lui plaire à cause du relief, de la masse de peinture à l'huile, moins à cause de la couleur grise-noire. Peut-être elle a été influencée par le documentaire sur la sculptrice Camille Claudel, dont elle avait lu il y a longtemps la biographie « Le baiser ». Dans le film documentaire, le cadreur ou la cadreuse s'est approché(e) de très près de la sculpture, très près des parties du corps, d'une partie du corps ou d'une partie du visage. Ainsi Isabelle a pu très bien voir la profondeur et la surface d'une partie du corps accompagnée par la lumière qui reflétait les profondeurs et les hauteurs. Cela donnait envie à Isabelle de retourner à l'exposition pour revoir le tableau en question. Et elle s'était déjà décidée de s'acheter une toile et d'y mettre des couleurs diverses lesquelles elle appliquerait en épaisseur, en couches épaisses. Ce projet lui remontait le moral, tel qu'elle se sentait sauvée - pour l'instant.

Chapitre XVII

Concernant sa situation dans l'immeuble où elle vivait, Isabelle pensait à l'émission de radio sur Los Angeles dans laquelle une jeune femme disait qu'elle a honte de sa mère parce que celle-ci préfère habiter dans un immeuble locatif avec plusieurs autres locataires au lieu dans une maison individuelle comme elle, sa fille, et la plupart des gens normaux.
Isabelle a l'impression que cette mère lui ressemble, car elle aussi préfère vivre dans un immeuble avec d'autres locataires malgré les ennuies et souffrances. Un immeuble locatif – le sien héberge 20 appartements – c'est en quelque sorte comme un microcosme de la vie à l'extérieure.
En descendant les escaliers pour partir écrire au café, elle croise une jeune locataire, qui vient du jogging. Elle est passé du travail de bureau au travail social avec des jeunes en difficultés qui vivent dans des appartements de communauté ensemble avec d'autres jeunes. La jeune femme s'y connait par ses propres expériences. L'année

dernière elle a fait une cure psychothérapeutique de trois mois pour retrouver son équilibre après une séparation, qui l'avait plongée dans une dépression. Le sport aussi l'aide à se ressaisir.

Au café Isabelle retrouve Sorin, qui a été malade, des maux de tête et des maux de gorge, il a dormi 16 heures de suite. Elle lui demande s'il a contaminé ses parents. Il ne comprend pas le mot « parents », car dans leur langue on dit simplement « mama et papa ». Encore 8 jours, puis il partira pour faire une surprise de sa visite à sa sœur en Roumanie. Quand Isabelle lève sa tête après 3 heures de travail, elle s'aperçoit qu'il n'est plus là. C'est comme si une ombre se rependait en elle et un vide froid s'installerait. Est-ce qu'elle est amoureuse de lui ? Non, c'est autre chose, elle aime sa présence, son sourire qui ne la blesse pas mais qui lui inspire la confiance. Elle pense à une amie qui lui a parlé de sa meilleure amie de 80 ans qui s'est liée à un jeune homme de 25 ans. Ils étaient quelques fois au lit. Un jour il l'a quittée pour une femme plus jeune. Pour ne pas souffrir, elle a tout de suite recommencé à chercher quelqu'un sur l'internet. Elle pense aussi à la relation longue de François Mitterrand avec une femme de 50 ans plus jeune que lui, Isabelle se souvient qu'il était écrit dans le long article dans le journal Le monde sur le livre « Le dernier secret » que la jeune femme aurait aimé toucher son corps nu, mais qu'il l'a refusé en raison de sa peau vieille et tombante. Isabelle le comprend tout à fait.

Le jour après Sorin est de nouveau sur son poste de travail, hier il devait voir son médecin dentiste pour un control régulier, c'était la raison pour laquelle il avait disparu tout d'un coup. À part cela, il ne se sent pas encore en bonne santé.

La jeune femme d'Indonésie, Jade, est de retour aussi. Ses douleurs de dos se sont réduites, la généraliste a dit que ça vient de son travail où elle porte des paquets lourds. Elle a eu deux jours de congé, son ami qui habite dans la ville voisine est venu et ils ont cuisiné un bon plat.

Quand Isabelle lui a parlé récemment de sa solitude et de la petite dépression qui allait avec, elle a répondu en élevant sa voix : « Mais tu es là ! » Et c'est vrai. Isabelle et elle ont souri et se sont prises dans les bras.

Quand elle arrive le jour après au café, il est clos. Sur un papier collé à la porte il est écrit qu'il y a un problème technique et qu'il ouvre plus tard dans la journée.

Elle retourne dans la journée, mais Sorin n'est pas là, il est de nouveau tombé malade. Il a téléphoné à 5 heures du matin à son patron. Elle est désolée pour Sorin. Elle espère qu'il se rétablira et qu'il ira mieux d'ci ses vacances.

Jade d'Indonésie est de retour de Düsseldorf, où elle était avec son ami en raison du manger. Ce n'était pas la première fois, car ils aiment le quartier « Tokio » qui s'étend autour de la gare centrale.

Seul problème, les trains avaient du retard. Le voyage de retour a duré 12 heures au lieu normalement 5 heures.

À partir de maintenant Jade ne travaillera que deux jours par semaine parce qu'elle reprend ses études à la fac. Alors à la semaine prochaine !

Et puis Sorin est de retour. Mais quelque chose n'est plus comme avant. Il a perdu son sourire. Bien sûr elle n'y a pas droit et donc elle le prend comme il est. Malheureusement cela concerne aussi la mousse de lait qu'il pouvait fabriquer à la merveille.

Les jours s'en vont. Sorin a retrouvé son sourire. Puis il lui parle de son voyage de dix jours en Roumanie chez sa sœur et son enfant. Il voulait la soutenir après l'avortement. Le médecin l'a mise en arrêt maladie pour un mois, parce qu'elle est tombée gravement malade après l'avortement.

Sorin s'est occupé de l'enfant. Tous les jours, il est allé avec lui à l'aire de jeux.

Il n'a pas encore perdu ses maux de tête et son rhume, il ne serait peut-être pas là toute la semaine prochaine, parce que le docteur le mettra sans doute en arrêt maladie.

Chapitre XVIII

Il y a peu de contact avec les client*es du café. Il y a beaucoup de touristes, beaucoup d'étudiant*es, qui y travaillent pendant des heures comme Isabelles aussi, à midi il y a les salariés et autres personnes comme récemment la jeune vietnamienne de 18 ans avec son bébé de 4 mois qui pleurait, car il venait de recevoir trois vaccinations. Il était mignon, s'appelait « Panda » comme l'ours et s'est arrêté de pleurer après avoir bu son lait venant d'une bouteille. La jeune mère était avec sa sœur de 16 ans. La famille est venue en Allemagne il y a 7 ans. Les deux jeunes femmes étaient très bien habillées, mais les dents de la mère étaient toutes cassées. Isabelle ne sait pas si elle reverrait encore une fois le bébé Panda mignon.

Puis il vient chaque jour depuis peu un homme qui vient d'Oman. Il est avec sa grand-mère de 85 ans, qui reste à l'hôtel en attendant son opération de dos qui aura lieu dans 15 jours. L'homme prend plaisir à gouter son café avec un gâteau, qu'il trouve merveilleux. À chaque fois il demande à Isabelle si elle aussi voudrait un café ou un gâteau ou un petit pain. Mais elle refuse toujours. Le plus souvent il est avec d'autres membres de sa famille qui sont là pour tenir compagnie à la grand-mère, elle reçoit régulièrement des perfusions médicamenteuses jusqu'au jour de son opération.

Comme prévu, la généraliste avait mis Sorin en arrêt maladie. Quand il revient après dix jours, Isabelle ne le reconnaît presque plus. Car il s'est laissé pousser une moustache et il s'est fait raser les cheveux au-dessus des oreilles. Isabelle a demandé à la serveuse, si c'était bien Sorin qu'elle voyait quelques pas plus loin. Elle l'a confirmé. Isabelle est allée vers lui pour recevoir le café qu'elle avait commandé. Il ne souriait pas. Elle a vu, qu'il avait enlevé plusieurs lettres de son prénom sur son badge. Il en restait trois et peu lisible. Elle lui a demandé ce que cela voulait dire ? Il a répondu qu'il n'aimerait pas que les gens connaissent son nom.

Son visage fermé et le changement de son apparence donnait Isabelle à réfléchir. Encore une fois elle pensait à la Securitate dont il avait peut-être peur et dont il essayait de se protéger. Bien sûr, elle savait bien que la police secrète, la Securitate, n'existait plus, mais selon elle, elle coulait dans les vènes de toutes les générations car rien ne se perde d'après elle.

L'homme d'Oman lui raconte que l'opération de sa grand-mère s'est bien passée, mais il y aura encore deux dans ces prochains jours. Il lui demande comment elle va et elle répond, qu'elle est déçue que Trump ait remporté la victoire, car ses discours électoraux auraient été souvent haineux et racistes. L'homme d'Oman hausse les épaules, sourit et s'en va ce qui indique selon Isabelle qu'il est un partisan de Trump.

Le jour prochain, Sorin ne sourit toujours pas, c'est encore pire, son expression est sombre. Elle remarque qu'il a encore une fois manipulé son prénom sur son badge. Elle ne dit rien, mais elle est fortement irritée. De tout de façon elle avait pris la décision de ne plus revenir au café, car elle supporte mal la musique forte, toujours la même depuis des semaines et le supérieur ne veut pas baisser le volume parce qu'il pense le volume élevé contribue à créer une atmosphère chaleureuse. Mais Isabelle a l'impression que le volume insupportable de la musique ferait éclater sa tête.

Elle garderait les deux « Sorin », le souriant et le sombre. Qu'elle le veuille ou non, ça lui fait mal et la déstabilise.

Chapitre XVIIII (la larme qui se transforme en arme)

Quand Isabelle a croisé son voisin Arthur encore une fois dans la rue, elle avait cédé à lui donner son nom de famille. Il connaissait déjà son prénom, mais celui ne lui suffisait évidemment pas, alors elle s'est dit, qu'il ne fallait pas paniquer, car il était juste son voisin habitant dans l'immeuble en face du sien et cela déjà depuis 32 ans.

Elle n'était donc pas étonnée, quand un beau jour il a sonné à sa porte. Elle l'a naturellement invité à entrer chez elle où elle avait écouté « La lintanie des cimés » de Clément Janinet. Après avoir éteint cette musique de jazz, elle avait allumé la télé, car elle voulait absolument suivre la réouverture de Notre-Dame de Paris, puisqu'elle gardait en elle un souvenir de la rosace bleue magnifique de Notre-Dame de Paris, laquelle l'avait enchantée et envoutée lors de sa visite à la cathédrale vingt ans plus tôt.

Isabelle n'était pas croyante au sens littéral du terme. Elle avait certainement une foi, même si elle ne savait pas la décrire, mais elle rejetait

véhément la version de l'union du Père, du Fils et du Saint-Esprit parce qu'elle se sentait exclue en tant que femme. L'exclusion des femmes en générale des postes de pouvoir de l'Eglise et de la société était insupportable pour Isabelle qui y voyait le mal du monde, le mal de tout.
Sur la table trainait un livre intitulé « le livre du rire et de l'oubli » d'un certain Milan Kundera.

Une semaine se déroulait et on ne voyait plus Isabelle dans la rue, qui sortait pourtant tous les jours. Elle avait l'habitude de sortir tôt le matin pour aller écrire au café. On connaissait son pas lent et prudent, tandis que les autres locataires descendaient les escaliers plus vite, surtout les jeunes gens qui prenaient même quelques marches à la fois.

La recherche avait donné qu'aucun locataire avait entendu des cris, ce qui n'était pas étonnant, car le couple qui vivait en-dessous de son appartement était pour le week-end dans sa maison de campagne et la vieille dame habitant l'appartement en face était sortie comme chaque après-midi pour rendre visite à son époux vivant depuis quelques mois dans une maison de soins. L'autre vieille dame, qui fêtera dans trois mois ses 90 ans, était plongée dans ses puzzles en écoutant la télé ou la radio toujours à fond.

On ne sait donc pas si Isabelle a crié « au secours ! » comme Louise ou « maman ! » comme Mme Kalis quand elles ont rendu leur dernier souffle.

Il a fallu un certain temps pour que la piste mène au voisin Arthur, qui était jusqu'alors un homme discret et sans histoire.

C'était peut-être cela où résidait le problème, car tout le monde a une histoire, mais il ne voulait pas assumer la sienne. Les commissaires ont trouvé une arme étrange, elle se cachait au visage du voisin : Une larme pleine de frustration, de souffrance, de désir et de violence, qu'il ne voulait pas laisser partir, couler, il ne voulait pas pleurer. C'est alors que la larme s'est transformée en arme, en vengeance sanglante, parce qu'il n'était pas capable de raconter son histoire terrible dont il avait honte.

Pourquoi Isabelle ? Était-elle devenue sa victime, parce qu'il voyait en elle son reflet ?

Die Träne, die sich in eine Waffe verwandelt

Kapitel I (der Tropfen) S. 80

Kapitel II (der Nachbar Arthur) S.82

Kapitel III (Träne oder Waffe) S.86

Kapitel IV (Scheiße im Toilettenbecken; die Rechte) S. 88

Kapitel V (der Rumäne Sorin aus dem Café) S.90

Kapitel VI (Sorin und Herta Müller) S.93

Kapitel VII (Wut über die Vergewaltigung) S.96

Kapitel VIII (Sorin und die Securitate; BdM Bund deutscher Mädchen; J.) S.99

Kapitel VIIII (Sorin und das internationale Service Team) S.103

Kapitel X (Arthur und Long Covid) S.105

Kapitel XI (die Bewohner*innen des Hauses: Ole und Fiona; Evelyn; die Familie das Marokkaners) S. 109

Kapitel XII (Die Toten des Hauses: Frau Kalis; Louise, ... Familie T.) S.115

Kapitel XIII (Trennungen im Haus: die Krankenschwester, Anouk, Adele) S.122

Kapitel XIV (Arthur und die Selbstmorde) S.131

Kapitel XV (Jade aus dem Café, die Feiern zur Wiedervereinigung von Ost und Westdeutschland) S.135

Kapitel XVI (leere Bonbon Papiere im Briefkasten; die Malerei) S. 138

Kapitel XVII S. S. 143

Kapitel XVIII S. S148

Kapitel XVIIII (die Träne, die sich in eine Waffe verwandelt) S. 152

Auflistung der französischen und deutschen Bücher: S. 156

Kapitel I (der Tropfen)

Tautropfen, Blutstropfen, Regentropfen, Tränentropfen.

Isabelle fragte sich, ob sie es sagen müsste? Muss Frau es sagen? Muss es gesagt werden? Was, wenn es nicht gesagt wird? Geht dann die Welt unter? So viel kann doch nicht davon abhängen. Oder kann es das doch?

Mutter sagte: „Du musst nicht jedes Wort auf die Goldwaage legen." In jedem Fall ist das Verständnis von der Welt ein anderes, je nachdem, ob die Wörter auf die Goldwaage gelegt werden oder nicht.

Es ist so, dass Isabelle einen transparenten Tropfen „sah", eine Träne, die hängen geblieben war und sich rot färbte, einfach so. Einfach so? Einfach so, wie sich vieles verfärbt, vielleicht sogar alles, denn alles ändert sich. Die Angst vor Veränderungen ist da, vor dem, was fließt. Deshalb hängt der Tropfen

fest, die Träne kann nicht fließen. Sie ist angehalten worden.
Sich ausweinen, die Träne, die festsitzt, loslassen, fließen lassen, ist unmöglich.
Es ist zum Verzweifeln.
Die festsitzende Träne ist voll. Wovon? Was steckt in ihr fest?
Sie verfärbt sich in einen Blutstropfen.

Kapitel II (Der Nachbar Arthur)

Er sagte, er warte seit 32 Jahren darauf, sie kennenzulernen.

Es verschlug Isabelle die Sprache. Aber dann hatte er die lockere Verabredung vergessen, und es verschlug ihr abermals die Sprache. Es konnte also mit seiner Aussage nicht allzu weit her sein.

Die zweite zufällige Begegnung kam, und er fragte Isabelle schnell noch nach ihrem Namen bevor er, schon spät dran, zum Hausarzt müsse. Das hatte er noch gesagt, er arbeite nicht, er sei krank. Früher hatte er einmal als Rechtsanwalt bei einer Versicherung gearbeitet. Möglicherweise ist er in dem Job krank geworden?

Er trug eine gewöhnungsbedürftige Brille mit schmalen, rechteckigen Gläsern von vielleicht 1cm Durchmesser in der Höhe in einer gelben, milchigen Fassung.

Unter seinem Kinn hing ein weißer Mund- und Nasenschutz, eine Corona Maske, – vielleicht wegen des bevorstehenden Arztbesuchs. Er wollte im Wartezimmer wahrscheinlich sich und andere schützen.

Er schien ein ruhiger Typ zu sein, der offenbar still in seiner Ein-Zimmer-Wohnung dahinlebte, die ihrer Wohnung auf der anderen Straßenseite gegenüberlag.

Hatte er sie 32 Jahre lang beobachtet? Sie erinnerte sich an einen Mieter, der sie mit einem Teleobjektiv fotografierte. Sie aß gerade zu Mittag und schaute aus irgendeinem Grund auf und direkt zur gegenüberliegenden Wohnung auf der anderen Straßenseite. Als sie wahrnahm, was passierte, stand sie auf und ging demonstrativ zum Fenster auf den Photographen zu sozusagen. Dieser verschwand mit samt seinem Fotoapparat. Isabelle sah diesen Mieter nie wieder. Er war offenbar ausgezogen, vielleicht aus Angst vor einer Anzeige.

Es gab noch einen weiteren Mann, der sie beobachtet und fotografiert hatte, das war jedoch draußen im Freien.

Der Nachbar und Isabelle hatten ihre Vornamen ausgetauscht. Er hieß Arthur. Was hatte seinen Wunsch, sie kennen zu lernen, ausgelöst?

Hatte er sie gesehen, als sie an der Staffelei stand oder saß und malte? Denn sie hatte manches Mal elektrisches Licht an, wenn es spät geworden war, und es gab Zeiten, da malte sie stundenlang ohne Unterbrechung.

Es war ein gutes Gefühl, dass er sie 32 Jahre lang vergessen und gleichzeitig eine Begegnung ersehnt hatte. Er war hoffentlich kein Krimineller. So schätzte sie ihn nicht ein.

Aber wenn sie an den laufenden „Mazan" Prozess (Gisèle Pelicot) in Frankreich dachte, der zeigt, dass jeder sogenannte „normale" Mann ein Vergewaltiger sein konnte (oder ein Mörder?), konnte alles möglich sein.

War es deshalb nicht umso dringender, dass die festsitzende Träne endlich ins Laufen kam, sich ablöste, die Wange herunterlief? Sammelte sich in dieser Träne nicht alles Leid, alle Frustration, alle Begierde und Gewalt?

Bevor Isabelle einschlief, hörte sie die Radiosendung „Die Kultur vom Tage":
Die Wüste der Presse Landschaft in den Dörfern im Osten, die die Hinwendung zur AFD nach sich zog... der Tod des Jazzmusikers Goldens... Die Schließung von „al Jazeera" im Westjordanland...

Danach hörte sie auf einem anderen Sender, - entweder war es auf fsk oder auf byte fm -, den melancholischen Gesang von Beth Gibbons, der sie auf eine andere Ebene trug und einschlafen ließ.

.

Kapitel III (Träne oder Waffe)

Isabelle fragte sich, ob sie an Halluzinationen litt, als sie unter dem Auge des Nachbarn eine Träne sah, die festhing, nicht floss, weil er sie vielleicht unbewusst stoppte und die, so sagte ihr ein mulmiges Gefühl, sich zur Waffe wandeln könnte?

Hatte er ihre Pflanzen auf dem Balkon blühen sehen? Nein, sagt er, weil ihn der Baum vor ihrem Balkon mit seinem Blätterwerk daran hindere. Er müsse auf den Winter warten. Aber im Winter blüht auf ihrem Balkon nichts, keine Pflanze, kein Baum.

Hat sich die Träne in eine Träne voll Blut verwandelt? In eine blutrote Träne?

Konnte eine Träne eine Waffe sein? Eine Waffe gegen was, um welches Ziel zu erreichen? Es wird manchmal gesagt, dass Menschen mit ihren Tränen etwas erpressen wollen, was sie anders nicht bekommen. Sie hoffen auf Mitleid mit ihren Tränen und darauf, dass der/die andere deswegen seine/ihre Entscheidung rückgängig macht.

Nicht immer sind Tränen eine Waffe, um etwas zu erzwingen, eine Meinungsänderung oder die Annullierung einer tiefgreifenden Entscheidung. Manchmal haben sie den einzigen Zweck, die Weinenden von ihrer Vergangenheit, ihrer Kindheit, ihren Traumata, den Ungerechtigkeiten und Unglücksfällen zu befreien, und die Person, die in Tränen ausbricht, braucht nur ein Ohr und ein Herz, das zuhört.

Als er Isabelle nach ihrem Namen fragte, zögerte sie, ihm ihren Nachnamen zu nennen, um zu vermeiden, dass er an ihrer Wohnungstür klingelte. Sie nannte ihm ihren Vornamen und daraufhin er ihr den seinigen, nachdem seine Irritation verschwunden war, er hatte offenbar ihren Nachnamen erwartet. Isabelle hatte sein Zögern sehr wohl bemerkt und fragte sich, ob er ihr gegenüber mit einer Träne oder einer Waffe kämpfen würde? Oder vielleicht mit keinem von beiden?

Kapitel IV (Die Toilette; die Rechte)

Heute in der Scheiße. Konkret hatte sie die Toilette geputzt, weil Scheiße noch im Becken klebte. Isabelle war nicht wütend, bei ihr war es genauso. Es musste getan werden. Das erinnerte sie an den neuen Innenminister Retailleau, der Ordnung, Ordnung in allen Bereichen forderte.

Sie hatte dann das Badezimmer in Ordnung gebracht, in dem es kein Toilettenpapier mehr gab und noch anderes zu tun war.

Immerhin hatte sie abends ein Jazzkonzert gehört, es war am 2.6.2024 in Köln live aufgezeichnet worden, und der Deutschlandfunk sendete es jetzt: "Soulcrane und Isabellent Derache".

Der Hass gegen einen Teil der Gesellschaft, propagiert von der Rechten, stieg rasant an, und plötzlich schaute man nicht mehr auf die Menschen, die zu dieser gehassten Minderheit gehörten. Die Läden, in denen sie gute Dinge verkauften, bleiben leer, niemand kauft dort mehr ein, weil die Propaganda der Rechten, Neid und Hass gegen sie geschürt hat. So läuft das, sagte sich Isabelle im Vorbeigehen an Menschen aus anderen Ländern. So war es in der Zeit des Faschismus, und es kann die ganze Zeit passieren. Es schien Isabelle, als warteten die Rechten mit ihrem unterschwelligen, bis offen rassistischem Hass nur darauf, weiter in die Gesellschaft vorzudringen, sich zu etablieren und die Macht zu übernehmen.

Sie war sehr froh, dass Sorin heute im Café bediente. Er war der Beste im Team, er machte ihr einen Cappuccino mit hervorragendem Schaum. Das ist mit Hafermilch nicht einfach. Er ist ein echter Barista. Heute hatte sie ihn gefragt, ob er "Guten Morgen" auf Rumänisch übersetzen könne, denn er kommt aus Rumänien. Er sagt, dass es mehrere Möglichkeiten gäbe und nennt die einfachste, sie sagen unter anderem "Neata" (buna dimineata).

Kapitel V (Sorin im Café)

Isabelle begrüßte Sorin mit dem Wort „Neata", und nachdem sie ihren Kaffee erhalten hatte, wollte sie gerne das Wort für "Danke" wissen. Er sagt, dass es für "Danke" das Wort "Merci" gäbe. „Wie im Französischen", rief Isabelle aus. Dann erzählte er ihr, dass es in der rumänischen Sprache französische, englische und spanische Wörter gebe, aber kein deutsches Wort, und dass es daran liege, dass Rumänisch eine lateinische Sprache sei, und Englisch, weil es eine universelle Sprache sei, deren Wörter in viele Sprachen Einzug gehalten haben.

Zufällig entdeckt Isabelle im Fernsehen eine Dokumentation über eine alte deutsche Stadt in der Mitte von Rumänien, die sich „Hermannstadt" nennt, rumänisch „Sibu", ein Erbe der sächsischen Siedler aus dem 12. Jahrhundert.

In der aktuellen Informationssendung erfährt sie, was keine gute Nachricht ist, dass nämlich die pro-russische und anti-europäische Rechte in Rumänien auf dem Vormarsch ist.

Wegen des Regens sprechen alle von schlechtem Wetter. Aber Isabelle nutzt diesen regnerischen Tag, um durchzuatmen. Sie mochte es, wenn das Wetter von Regen zu Sonne und von Sonne zu Regen oder sogar Schnee wechselte. Es war natürlich schön, wenn die Perioden nicht zu lange dauerten, denn sonst begann das Leiden daran.

Um sie herum aufgespannte Regenschirme, die die Gesichter der Menschen verbargen, und das war gut so, denn die ganze Zeit in die Augen der anderen zu schauen, in ihre (offenen Wunden) oft verschlossenen Gesichter mit hängenden Mundwinkeln, ist anstrengend, deshalb schätzte Isabelle die Pausen. Oftmals blickten Menschen sie unverschämt direkt an, als wollten sie in sie eindringen, ihr ihre Identität stehlen, sie vernichten. In diesen Momenten, in denen sie litt, senkte sie ihren Kopf. Isabelle glaubte zwar nicht, dass sie ihr bewusst schaden wollten, sondern eher, dass sie ein Unglück in sich trugen oder eifersüchtig und neidisch waren. Sie dachte, sie müsste viel verzeihen.

Sorin hat nicht viel geschlafen, nur 2 Stunden, was natürlich zu wenig ist. Aber er schläft nicht gerne, das wäre Zeitverschwendung, sagt er. Als sie ihn nach seinem Hobby fragt, sagt er, dass er Streamer sei. Es war angesagt zu streamen. Als sie ihn fragt, ob er Filme schaue oder Spiele spiele, antwortet er, dass er ein Spieler sei. Auch das ist angesagt, es gibt sogar Weltkongresse für Spieler*innen. Es war eine Welt, die weit entfernt von Isabelles Welt lag, glaubte sie zumindest. Sie wusste bereits, dass es verschiedene Welten gleichzeitig gab. In der Wohnung über ihr wohnte eine alte Frau von 90 Jahren, die den ganzen Tag bis spät nachts nichts anderes tat als zu puzzeln.

Es regnet immer noch, aber die junge Frau sitzt wie üblich auf der Fensterbank ihres weit geöffneten Fensters. Eines Tages fragt Isabelle sie, weil sie jeden Tag an ihrer Wohnung im Erdgeschoss vorbeikam. Sie studiert wissenschaftliche Bücher über Pflanzen. Schade ist, dass sie dabei raucht und das auch noch jeden Tag wie ihr rauchender Freund, der zuweilen auch auf der Fensterbank sitzt und raucht. Die meiste Zeit aber hat die junge Frau den Kopf gesenkt und Isabelle geht unbemerkt vorbei. Sie denkt an die zahlreichen Spaziergänger*innen, die im Park Zigarette rauchend die Luft verschmutzen, Isabelle möchte in der frischen Luft spazieren gehen, aber das ist unmöglich.

Kapitel VI (Sorin und Herta Müller)

Der Rumäne Sorin hat ein Lächeln, das nicht weh tut, es tut ihr nicht weh. Es erinnert sie auch an eine Fernsehsendung, an das Lächeln eines Jungen in einem rumänischen Waisenheim. Der Zustand dieses Waisenhauses war katastrophal. Aber trotzdem war da ein lächelnder Teenager, weil dieser Jugendliche von etwa 12 bis 14 Jahren ein Transistorradio entdeckt hatte, mit dem er hinter dem Waisenhaus stand und der Musik lauschte, die aus dem Radio kam. Es machte ihn so glücklich, dass er anfing, sich im Rhythmus der Musik zu wiegen und begann, zu ihr zu tanzen. Die Musik aus dem Transistorradio zauberte ein Lächeln auf sein Gesicht, ein Lächeln, das nicht wehtat, das Glück ausstrahlte.

Sorin lächelt natürlich nicht immer, nicht in einem fort, sondern nur, wenn er Isabelle sieht. Zuvor hat er ihr den Rücken zugekehrt, weil er etwas zubereitet. Dann dreht er sich langsam um und Isabelle bemerkt einen eher finsteren Gesichtsausdruck, misstrauisch, ein Ausdruck von jemandem, der auf der Hut ist, sich fürchtet vor dem, was da kommt, wie zum Beispiel die Leute von der Securitate. Aber dann sieht er Isabelle, und sein Gesicht hellt sich auf.

Rumänien erinnert Isabelle auch an Herta Müller, die rumänische Schriftstellerin, die 2009 den Literaturnobelpreis erhielt. Sie musste oft an ihr Buch denken, in dem sie von den schrecklichen Verhören der Geheimpolizei, der Securitate, erzählt, zu denen sie unerbittlich wieder und wieder vorgeladen wurde.

Isabelle suchte in ihrem Karton, in den sie die verschiedensten Papiere legt, nach einem Foto des verstorbenen Akkordeonisten aus Rumänien, dessen Foto sie aufbewahrt hatte und das nach seinem Tod verkauft wurde, um seine Beerdigung zu finanzieren. Isabelle mochte ihn. Er spielte in der Fußgängerzone auf seinem Akkordeon. Viele mochten diesen kleinen Mann in den Sechzigern, der krank geworden war, sich aber wegen der Kosten nicht operieren lassen wollte - das hatte sie gehört. Aber sie kann das Foto nicht mehr im Schuhkarton finden. Vielleicht hatte sie es zu ihren persönlichen Fotos gelegt. Sie sah ihn lächelnd vor sich sitzen, das Akkordeon auf dem Schoß, immer mit einem Hütchen auf dem Kopf und ohne sein

Spiel zu unterbrechen, wenn sie ihre Münzen in seinen Becher legte.

Als sie zu Sorin heute auf Rumänisch "Va multumim" sagte, was auf Deutsch "Dankeschön" bedeutet, war er ganz aus dem Häuschen und schenkte ihr sein schönes Lächeln. Er begann einen Satz: "Das ist..." Doch er kam nicht ans Ziel, weil das Deutsche nicht über die Lippen kam. Sie ging mit seinem wunderschönen Lächeln, das seine weiße Zahnreihe zeigte und ihrem wunderbar aufgeschäumten Cappuccino an ihren Platz.

Kapitel VII (Wut)

Isabelles Nachbar fuhr mit seinem Fahrrad sehr langsam an ihr vorbei. Er drehte sich mehrmals zu ihr um, um sich zu vergewissern, dass sie es war oder nicht war. Isabelle sagte sich: "Du wirst ihn endlich ansprechen, wenn er vor dem Geschäft stehen bleibt!", weil sie sichergehen wollte, dass er es ist, den sie vor einem Jahr beim Jazzkonzert der Djangonauten in der Kirche gesehen hatte. Das Konzert war in vollem Gange, sie stand auf der Treppe, alle Sitzplätze waren besetzt. Er stand am Geländer ihr gegenüber. Er schaute nicht in die Richtung der Musiker*innen, sondern in ihre Richtung, er starrte sie geradezu unaufhörlich an. Sie dachte, er wäre ihr Nachbar, zu dem sie bis dahin keinen Kontakt gehabt hatte und den sie noch nie ganz aus der Nähe gesehen hatte. Isabelle dachte, er wäre es wegen seiner langen Haare. Sie hatte sich ein Bild von ihrem Nachbarn gemacht, der lange Haare hätte und viel jünger war als sie. Deshalb zwang sie sich, weil er so viel jünger war, ihm nicht in die Augen zu schauen.

Als sie ihn vor dem Geschäft ansprach, vor dem er gerade sein Fahrrad anschloss, sagte er ihr zu ihrer Überraschung, dass er noch nie ein Jazzkonzert in einer Kirche besucht habe. Er kannte nicht einmal die besagte Kirche im Stadtteil. Obwohl er es mehrere Male wiederholte, konnte Isabelle es ihm nicht glauben, so überzeugt war sie, dass dieser Mann der in der Kirche war. Ihr Nachbar hatte sein Haar zurückgekämmt, so dass sie die Länge seiner Haare nicht sehen konnte.

Warum hielt sie daran fest, dass er lange Haare hätte? Es ließ den Mann weiblich aussehen und reduzierte daher ihre Angst, unterdrückte sie, so dass sie nicht spürte, wie ihr Herz schneller schlug, denn der Mann vor ihr könnte ein Vergewaltiger sein, er könnte sogar der Mann sein, der sie vergewaltigt hatte, als sie jung war, und sie danach fortan missbrauchte. Zweifellos wollte Isabelle die Erinnerung ersticken, die sie daran hinderte, Geschlechtsverkehr zu haben ohne diese Angst zu fühlen. Diese Angst, die die Wut in sich barg, vergewaltigt worden zu sein und währenddessen zwischen Tod und Leben geschwebt zu haben, gezwungen worden zu sein, ihre Verteidigung aufzugeben, zum Schweigen gebracht worden zu sein. Diese Angst, die gleichermaßen die Wut auf ihn, auf den Vergewaltiger war, kam schließlich ohne Vorankündigung in dieser Nacht zu Tage, als sie um 2:25 Uhr ohne Grund aufwachte. Das Unbewusste ließ diese Wut für eine kurze Weile mitten in der Nacht heraus. Das Loch, in dem der Schmerz, die Wut und die Verzweiflung verschlossen waren, hatte sich geöffnet und wieder verschlossen. Es war gut, dass sie damit in Kontakt gekommen war.

Als sie ihren Nachbarn das zweite Mal traf, nahm sie wahr, dass er keine langen Haare hatte, sie waren weder lang noch kurz. Es ist möglich, dass er es beim Kirchenkonzert nicht war. Und es ist möglich, dass er kein Vergewaltiger ist.

Kapitel VIII (Sorin und die Securitate; BdM)

Wenn Sorin nicht da ist, ist es Isabelle kalt, sie bekommt Gänsehaut. Wenn Sorin da ist, ist es, als würde er sie mit seinem sanften Lächeln beschützen, als ob er sie verstünde, als wäre er auf ihrer Seite.

Er ist zu jung, um die Zeit des Terrors der Geheimpolizei miterlebt zu haben, eine der brutalsten in seinem Lande, die Securitate, von der die Schriftstellerin Herta Müller spricht, die sich Zwangsverhören unterziehen musste. Aber was sein Land durchgemacht hat, bleibt in den Venen von Generationen, so auch in ihm.

In diesen Tagen sah Isabelle den Film „Metronom" des rumänischen Filmemachers Alexandru Belc. Der Film ist in rumänischer Sprache mit Untertiteln und behandelt - am Beispiel eines jungen Paares und seiner Freund*innen - alle noch Schüler*innen, die ihr Abitur vorbereiten - das Thema des Drucks und der Gewalt, die die Securitate ausübte, die Auswirkungen und die Folgen.

Der Film wurde auf den Filmfestspielen 2022 in Cannes gezeigt und gewann in der Sektion „Ein gewisser Blick" den Regiepreis.

Auch der Faschismus des 3. Reiches floss noch in den Venen von Generationen und war eine ständige Bedrohung. Isabelles Mutter war in der Organisation für junge Mädchen, dem BdM, "Bund deutscher Mädchen". Sie sagte, dass es für sie eine willkommene Ablenkung gewesen sei, denn als Bauerntochter auf dem Land, gab es nicht viel Vergnügungen für die Jungen und Mädchen, die immer mit anpacken mussten. In dieser Organisation wurde sie von der Nazi-Ideologie geprägt, so wie Isabelle von der Kirche, den Predigten, die von der Kanzel herunter gehalten wurden und auch von dem, was ihre Mutter ihr weitergegeben hatte.

Sorins ganze Familie lebt hier. Sie wohnen alle zusammen. Seine Schwester arbeitet ebenfalls in einem Café, aber die andere Schwester wollte in Rumänien bleiben, sie ist Lehrerin und Mutter von drei Kindern, zwei jedoch starben in ihrer Gebärmutter.

Gestern hatte Sorin einen freien Tag, aber er kam für zwei Stunden früh am Morgen, weil es an Personal mangelte. Als er sie sah, machte er ihr ihren Lieblingskaffee, ohne dass sie ein Wort über ihre Kaffeebestellung gewechselt hatten. Er musste ihre Gegenwart gespürt haben, der Grund, warum er sich lächelnd zu ihr umdrehte.

"Einander verstehen, ohne ein Wort zu sagen" so sagt es der Volksmund.

Im Café arbeitet eine junge Frau, die sehr hart ist. Das heißt, Isabelle hatte sie so wahrgenommen. Wenn sie sie traf oder wenn sie ihre Bestellung aufnahm, spürte Isabelle Angst und Unbehagen. Die junge Bedienung bewegte ihre Lippen nicht, sie blieben immer geschlossen. Ihr ganzer Gesichtsausdruck bestand aus Ablehnung, also wünschte sich Isabelle, wenn sie ins Café ging, dass sie nicht da sein möge. Isabelle grüßte sie jedoch immer höflich und lächelte sie an, denn sie gab die Hoffnung nicht auf, dass diese verschlossene, junge Frau doch einmal lächelte.

Dann liefen sie sich zufällig auf der Treppe über den Weg. Isabelle kam von der Toilette und die Servicekraft kam aus dem Lager. Isabelle sagte, dass es heute sehr viel Kundschaft gäbe, also viel zu tun sei, da kam es plötzlich aus ihr heraus, sie beschwerte sich über den Personalmangel an diesem Sonntag. Sie habe schon dem Chef geschrieben und ihn angerufen, aber er reagiere nicht. Isabelle wünschte ihr, dass sich die Situation für sie und das Team verbessern möge. Da lächelte sie und wünschte Isabelle einen schönen Sonntag! Den wünschte Isabelle ihr auch, als sie erleichtert das Café verließ. Das Eis zwischen ihnen war gebrochen.

Ihren Kaffee bekam Isabelle heute von der netten jungen Frau aus Indonesien, es ist Jade. Sie hat eine schmerzhafte Zeit hinter sich, weil ihr Freund in einer anderen Stadt lebt und mit seinem Studium und seiner Arbeit sehr beschäftigt ist. Sie vermisst ihn. Als sie Isabelle im Café sah, kam sie auf sie zu und umarmte sie, sie wollte nicht einmal ihr Geld nehmen, und Isabelle wagte im ersten Moment nicht abzulehnen, schob es dann aber doch über die Theke wieder zurück zu Jade.

Kapitel VIIII (Sorin und das internationale Team)

Sorin ist zurück. Ein Seufzer der Erleichterung. Aber er ist mit anderen Arbeiten beschäftigt. So reden sie später ein bisschen, das Café an diesem Montagmorgen ist noch leer.

Seine Eltern haben das Ceausescu-Regime, die Zeit der Securitate, miterlebt. Isabelle erzählt ihm von Herta Müller, die er nicht kennt. Sie zeigt ihm die berühmte Schriftstellerin, die den Nobelpreis für Literatur erhielt, geboren 1953, im Internet, er sucht sie auf seinem eigenen Smartphone.

Seine Eltern kamen vor 7 Jahren und arbeiten im Lager. An diesem Sonntag machte er mit ihnen einen kurzen Spaziergang im Wald in der Nähe ihres Hauses. Seine Schwester ist mit dem Auto in den Urlaub und zur Unterstützung ihrer Schwester nach Rumänien gefahren.

In dem Haus, in dem sie wohnen, leben auch andere Landsleute, und alle feiern jeden Tag. Der Vorteil ist, sagt Sorin, dass niemand wegen des

Lärms die Polizei ruft. Zweimal im Monat spielt er E-Drums, die normalen Drums sind in Rumänien geblieben. Er spielt mit einem vietnamesischen Arbeitskollegen, seinem besten Freund, der Klavier spielt. Isabelle mag ihn auch. Er ist derzeit in Urlaub. Sorin zeigt ein Foto von ihm, auf dem er freundlich in die Kamera schaut, aber der Hafermilchschaum will ihm nicht so gut gelingen wie Sorin, der in dieser Kunst unschlagbar ist.

In Sorins Team arbeiten fast ausschließlich junge Leute aus dem Ausland. Sie kommen aus Vietnam, den Philippinen, Rumänien, Kolumbien, Kroatien, Kosovo, Indonesien, der Türkei, der Ukraine, Italien, … .

Die Rechte hasst Migranten, käme sie an die Macht, würde sie dieses Café wahrscheinlich schließen.

Für ihr kleines Gespräch unterbrach Sorin das Fegen des Herbstlaubs, das in Massen durch die offene Tür hereinwehte. Ja, es ist schon Herbst.

.

Kapitel X (Arthur und Long Covid)

Arthur, der Nachbar von der anderen Straßenseite, benutzt seinen Balkon nicht, weil, wie er sagt, es kein offener Balkon ist, sondern einer mit Decke und Wänden auf beiden Seiten. Trotzdem schade, dass er ihn nicht nutzt. Der Mieter im ersten Stock seines Mietshauses hat Bäume im Topf auf seinen Balkon gestellt, obwohl die Sonne es nie schafft, sie zu bescheinen, aber das Grün zu sehen, ist wohltuend für die Augen.

Isabelle erinnerte sich daran, dass sie auf Arthurs Balkon eine Wäscheleine, die quer über den Balkon gespannt war, gesehen hatte. Auf der ganzen Länge waren Corona-Masken daran befestigt. Es waren so viele, dass es keinen freien Zentimeter zwischen ihnen gab, jedenfalls sah es aus der Entfernung so aus.

Wenn sie jetzt daran dachte, dass er gesagt hatte, dass er nicht mehr arbeite, weil er krank sei, fragte sie sich, ob es nicht Long Covid sei, denn bei Long Covid leiden die Erkrankten oft unter nicht enden wollender Müdigkeit. Auf jeden Fall sprach er Sätze sehr langsam aus, zum Beispiel sagte er wie in Zeitlupe: "Sie schauen sich Krimis an!?" Es könnte ihn enttäuscht haben. Andererseits erzählte er in schnellem Tempo - und es klang fast kindlich - von einer zufälligen Begegnung im Bus. Er hatte eine Frau getroffen, die er vor Jahrzehnten gekannt hatte: "Mein Gott, ist die alt geworden!" Isabelle antwortete, dass es der Lauf des Lebens sei, der alle betreffe. Er bestätigte es mit einem langsamen, traurigem „Ja". Isabelle dachte auch an sich selbst, sie war schon 75 Jahre, jedoch hatte sie noch eine jugendliche Ausstrahlung, jedenfalls sagten die Leute so. Vielleicht würde sie eines Tages wissen, warum er sie kennenlernen wollte.

Wenn sie an sein müdes Aussehen dachte, so war es auch möglich, dass er depressiv war.

Er beneidete sie um ihre 3-Zimmer-Wohnung - in der sie mit ihrem Sohn zusammenlebte, und als ihr Sohn auszog, benutzte sie das dritte Zimmer als Atelier, um nicht eines außerhalb teuer anmieten zu müssen. Er selbst hatte eine 1-Zimmer-Wohnung, in einem leicht provokanten Tonfall sagt er: "Sie haben Glück!"

Sie war sogar einmal vor Jahrzehnten in der von ihm bewohnten Wohnung gewesen. Damals lebte dort eine Kindergärtnerin, die sie einmal ansprach, weil sie Isabelle von ihrer Wohnung aus beobachtete, als sie bei offenem Fenster Figuren modellierte. Sie knüpften eine lockere Freundschaft, aber dann hatte sie über eine Anzeige in einer renommierten Zeitung einen betuchten, älteren Mann kennen gelernt, den sie alsbald heiratete und mit dem sie nach Norddeutschland zog, in ein großes Haus, das er dort gekauft hatte. Sie richtete sich ein Atelier ein, denn sie war auch künstlerisch tätig geworden. Isabelle hatte zu jener Zeit die Kunstwerke ihrer Bekannten in einer e-mail an diese kommentiert. Die Kommentare gefielen, und sie fragte Isabelle deshalb, ob sie sie weiterverwenden könne. Natürlich. Isabelle hatte nichts dagegen.

Der Kontakt kam mit der Zeit gänzlich zum Erliegen. Das Dorf, in dem sie mit ihrem Mann wohnte, war schwer erreichbar und der Lebensstandard extrem unterschiedlich. Eine Einladung zu einer Vernissage hatte sie nie bekommen.

Der Nachbar beschwerte sich über die Mieter*innen, die über ihm wohnten, die mit harten Bällen auf dem Holzboden spielten und über die Mieter*innen mit kleinen Kindern, die seine Nerven strapazierten. Er stellte sich vor, dass es in dem Gebäude aus dem Jahr 1920, in dem Isabelle wohnte, ruhig zuging, aber nein, Isabelle trug sogar Ohrstöpsel, um den Lärm ihrer Nachbarn in den Badezimmern und den anderen Räumen zu dämpfen.

Kapitel XI (Die Bewohner*innen des Hauses)

Unter Isabelles Wohnung lebte eine Familie mit 4 kleinen Kindern und dieser gegenüber wohnte eine Familie mit 3 Kindern. Die drei Kinder waren oft bei der Familie mit den vier Kindern, und alle spielten zusammen, das ging mit viel Lärm vor sich, der schwer zu ertragen war.

Der Nachbar Arthur sagt, dass er seinen Lebensrhythmus an den Lebensrhythmus der Hausbewohner*innen anpasst, um weniger zu leiden und bedauert, dass die Leute in seinem Gebäude nicht auf sein Hallo reagieren, wenn er diesen im Hausflur begegne.

Sie versteht das, es macht keinen Spaß. Die Menschen, die in ihrem Haus leben, grüßen größtenteils, wenngleich es nicht mehr wie früher Freundschaften gab. Manchmal werden ein paar Floskeln ausgetauscht. Enge Freundinnen sind längst ausgezogen, als sie ihr Leben geändert haben. Viele Geschichten haben sich in diesem Haus zugetragen.

Isabelle dachte an Ole, an den Partner von Fiona, beide sehr nett, sie ging oft zu ihnen, deren Wohnung ein Stock höher lag. Er verliebte sich jedoch in eine andere Frau und litt so sehr unter dem Konflikt, dass er sich ins Leere stürzte. Fiona war leider Alkoholikerin, arbeitete aber als Lehrerin. Sie ging zum Entzug in die Klinik, Ole begleitete sie. Er war zehn Jahre jünger als Fiona. Sie war sich sicher, dass er sie nie betrügen würde. Isabelle wusste nicht, woher sie diese Gewissheit nahm, vielleicht dachte sie, er sei von ihr psychisch abhängig, weil er 10 Jahre jünger war. Manchmal hatte Isabelle den Eindruck, dass sie in ihm ein fügsames Kind sah. Sie mochte beide und ging bei ihnen ein und aus. Ihre Wohnungstür mit Klinken zum Runterdrücken außen und innen war nie verschlossen. Sie hatten keine Kinder, aber eine kleine Hündin.
Manchmal suchte Fiona eine Bar auf, und wenn sie genug getrunken hatte, exponierte sie gerne ihren Körper. Das tat sie auch zu Hause, sie tanzte gerne vor einem großen Spiegel und träumte von jungen Männern, sie phantasierte, dass diese für sie schwärmten.

Einmal klingelte Fiona spät in der Nacht an ihrer Tür, sie kam völlig betrunken aus einer Bar und wollte bei ihr übernachten, damit Ole sie nicht in ihrem Zustand sah. Isabelle machte ihr ein Bett.
Ein anderes Mal, spät in der Nacht, klingelte sie, weil der Fahrer eines Taxis ihr bis zur Tür ihrer Wohnung gefolgt war, um ihren betrunkenen Zustand auszunutzen.
Fiona wollte auf Nummer sicher gehen, und so bat sie „ihren" Ole, wie sie ihn nannte, sie zu heiraten. Er willigte ein, aber konnte sich nicht von der Frau lösen, in die er sich verliebt hatte.
Eines Tages, kurz vor Weihnachten, klingelte Ole an Isabelles Tür, weil er in der Gegend war, wie er sagte. Sie waren längst ausgezogen. Fiona dachte, dass ihn ein gemütliches Eigenheim auf dem Land noch stärker an sie binden würde. Als er Isabelle diesen Besuch vor Weihnachten abstattete, modellierte sie gerade kleine Figuren, die er bestaunte. Isabelle wunderte sich über seinen Besuch, weil er ihr ohne Grund schien. Nach seinem Selbstmord verstand sie, dass es sich um einen Abschiedsbesuch gehandelt hatte. Sie mochte ihn, und er hatte ihr immer geholfen, wenn es ein Problem in ihrer Wohnung gab.
An der Wand in der Wohnung ihres Sohnes hing ein Foto hinter Glas, das ihren Sohn unter Oles

Körper angeschnallt zeigt, beide in der Luft fliegend, denn Ole praktizierte Gleitschirmfliegen und hatte einmal ihren blinden Sohn, der sich noch heute an das Glücksgefühl des Fliegens in der Luft erinnert, mitgenommen.

Fiona war sehr wütend auf Ole, weil sie nach seinem Tod entdeckte, dass er ihr Schulden hinterlassen hatte, um, wie sie annahm, Bedürfnisse und Erwartungen seiner Geliebten zu erfüllen, so hätte er sich zum Beispiel, wie sie vermutete, seiner Freundin zuliebe teure Schuhe gekauft. Ole war zwar auch berufstätig, aber nicht mit voller Stundenzahl.

Dann wurde bei Fiona Brustkrebs diagnostiziert. Der Kontakt zwischen ihr und Isabelle hatte sich schon abgeschwächt, seit sie auf dem Land lebten, denn Isabelle war nicht motorisiert und das Dorf schwer zu erreichen.

Oles verbitterte Schwester, die den Kontakt zu Fiona abbrach, ist überzeugt, dass sie an seinem Tod schuld ist.

Die Nachmieterin von Fiona und Ole war Evelyn. Sie heiratete Nyn, der bei ihr einzog, den sie aber bald mit einer anderen Frau im Ehebett erwischte.

Sie ließ sich scheiden, heiratete ihn jedoch erneut, um abermals in die gleiche Falle zu tappen. Nach einer erneuten Trennung folgte ein weiterer Versuch, vielleicht, weil sie von ihm inzwischen zwei Kinder geboren hatte. Doch auch dieses Mal klappte es mit der Beziehung nicht. Nyn kaufte für sie und die Kinder ein Haus, aber verließ sie für immer mit einer Landsmännin, einer Südkoreanerin.

Ihre Mutter, die auf der anderen Straßenseite wohnte, hatte auch Probleme in ihrer Beziehung und trennte sich von ihrem Partner, der zu viel mit anderen Frauen flirtete. Sie kümmerte sich um Evelyns Kinder solange diese studierte.

Isabelle und Evelyn verloren sich mehr und mehr aus den Augen, und Evelyn verweigerte dann rundweg den Kontakt, weil sie nicht akzeptieren konnte, dass Isabelle vor der Klasse, den Schüler*innen, wehrlos war, dass sie unter den Aggressionen litt und keine Disziplin herstellen konnte. Evelyn selbst arbeitete mit alten Menschen, die eher ruhig waren oder vielleicht ruhiggestellt wurden.

Was Isabelle überraschte, war, dass Evelyn ohne Gewissensbisse den großen, antiken Holzschrank in der Küche einer älteren Frau aus dem Haus, die gerade gestorben war, mit ihren Helfern aus der Wohnung der Toten herausholte. Sie ging davon aus, dass diese Dame keine Verwandten hatte, und wenn sie den schönen, alten Holzschrank nicht nähme, so meinte sie, täte es sicherlich der Eigentümer des Hauses.

Unter Isabelles Wohnung lebte die Familie mit den vier Kindern. Der marokkanische Ehemann, der sich bei ihr über seine Frau beschwerte, die ständig Unterleibskrankheiten vortäuschen würde, fragte sie, ob sie nicht seine Geliebte werden wolle. Was für eine Scheiße.

Ihre vier Kinder hatten oft die drei Kinder, die in der Wohnung ihnen gegenüber wohnten, zu Besuch. Isabelle ging deshalb meistens in den Park oder einkaufen, wenn sie den Lärm nicht ertragen konnte.

Eines Tages klingelte die Frau an ihrer Tür, sie beschwerte sich über Isabelles Radio, das sie auf volle Lautstärke gedreht hätte. Isabelle bot ihr an, hereinzukommen, um sich zu überzeugen, dass kein Radio eingeschaltet war. O mein Gott.

Eines Tages trennte sich die Frau von ihrem Mann. Hut ab.

Kapitel XII (Die Toten des Hauses)

Dieses Haus hat viele Schicksale und auch viele tote Mieter*innen gesehen. Auf jeder Etage befinden sich vier Wohnungen. Im ersten Stock starben vier Menschen.

Zuerst starb Frau Kalis, 80 Jahre alt, die sich um die Aufgaben einer Concierge für das Gebäude kümmerte. Sie wurde von zwei Frauen beneidet, die darauf warteten, sie als Hausmeisterin abzulösen. Isabelle mochte Frau Kalis, aber nicht diejenigen, die sie um ihre Position beneideten. Frau Kalis war klein und vom Alter gezeichnet, das Atmen fiel ihr zusehends schwer. Manchmal besuchte sie ihr Enkel und half ihr, wie Isabelle auch, so gut es ging. Frau Kalis lud Isabelle in ihre Wohnung ein, die, wie Frau Kalis selbst, sehr alt war, aber auch Isabelles Wohnung war in einem renovierungsbedürftigen Zustand. Frau Kalis war sehr stolz, als ihr Enkel ein Zimmer in ihrer Wohnung neu gestrichen hatte.

Sie sprach von der Zeit des Dritten Reiches, in der sie die Nazi-Fahne mit dem Hakenkreuz auf dem Balkon hissen sollte, was sie aber nicht tat, und so bekam sie mehrmals Besuch von Nazi-Funktionären, weil sie sich hartnäckig weigerte, die Anordnung auszuführen. Sie fand jedes Mal triftige Ausreden. Isabelle bewunderte sie für ihren Mut.
Eines Tages starb sie leider. Die Frau, die unter ihr wohnte, Louise, hörte, wie sie ihren Hilferuf, ihr letztes Wort, aus Leibeskräften herausschrie: "Mama!"

Die Frauen, die diese liebenswürdige Person, die Concierge, nicht mochten, waren von der Art, kleine Kieselsteine unter Isabelles Fußmatte zu legen, um zu überprüfen, ob sie gefegt hatte, und sie denunzierten sie beim Vermieter, weil sie untervermietet hatte. Der Vermieter drohte ihr mit sofortiger Kündigung, wenn die Untermieterin nicht umgehend auszöge. Danach haben sie sich über Isabelles Fahrrad beschwert und so weiter.

Louise, die unter Frau Kalis wohnte und ihren Hilfeschrei gehört hatte, starb ihrerseits nach wenigen Jahren. Sie und Isabelle hatten eine unbeschwerte Freundschaft geschlossen, aber eines Tages sagte Louise in einem humorvollen

Ton, der ihr eigen war: "Weißt du, das Glück hat mich besucht!" Sie lachte dabei und sagte, dass Lungenkrebs bei ihr festgestellt wurde. In ihren letzten Wochen hat sie sehr gelitten. Dieses Mal war es der Mieter, der in die Wohnung von Frau Kalis eingezogen war, der Louises verzweifelten Schrei hörte: "Hilfe!"

Ihr Sohn, mit dem Louise zusammengelebt hatte, war bereits ausgezogen. Ihre Beziehung war geprägt von ihrer Dominanz, ihr Sohn musste ihr überall hin folgen und ihr helfen. Sie stimmte nicht einmal zu, dass er mit einer anderen Freundin aus dem Haus, deren Sohn und deren Partner für ein paar Tage verreiste. Das war sehr traurig. Das hätte ihm etwas Luft verschafft. Vielleicht war er ein Ersatz für den alkoholkranken und abwesenden Vater, der unter keinen Umständen mit ihr zusammenleben wollte, aber sie ließ ihn ihr ganzes Leben lang nicht los.

Louise prahlte mit ihrer erfolgreichen Erziehung, damit dass ihr Sohn aufs Gymnasium ging, obwohl sie berufstätig war, alleinstehend und ihn als Baby in eine Krippe gegeben hatte.

Als Louise erfuhr, dass ihr Sohn sie angelogen hatte, war sie fassungslos. Er schwänzte den Unterricht und hatte nicht einmal an den

Abiturprüfungen teilgenommen, sondern sich in der Wohnung verschanzt, während sie auf der Arbeit war.

Leider fing sie an, ihn zu verachten, ihn vor den Leuten herabzusetzen, aber in gewisser Weise hatte sie das in abgeschwächter Form schon immer getan.

Als er eine Frau kennenlernte, mit der er zwei Kinder hatte, versöhnte sie das in gewisser Weise, aber er blieb der gescheiterte Sohn und der Schuldige an allem.

Isabelle erinnerte sich auch daran, dass sich Louise in ihrer Herkunftsfamilie gegenüber ihrem Bruder in hohem Maße benachteiligt fühlte, was sich dann bis hin zu gnadenlosen Erbschaftsstreitereien ausweitete.

Auch mit dem Nachbarn aus dem Nebenhaus hatte sie immer wieder Auseinandersetzungen, denn er war Gastronom und entsorgte in einem Container direkt neben ihrem Gartenstück die Essens Reste des Restaurants, die einen unangenehmen Duft hervorbrachten.

Nicht zuletzt führte sie jahrelang einen juristischen Streit mit dem nachfolgenden Vermieter, denn sie wohnte in einer Gewerbe Wohnung, hatte aber wohl einen Wohnungsmietvertrag mit dem vorangegangenen Vermieter abgeschlossen, bzw. sie hatte den Wohnungsmietvertrag von Freunden übernommen. Es war kompliziert, aber sie hat letzten Endes vor Gericht Recht bekommen. Dennoch machte der neue Vermieter das Fass immer wieder auf.

Auch auf der Arbeit kämpfte sie, als man ihr ihren Posten als Betriebsrätin, auf den sie sehr stolz war, streitig machen wollte.

Isabelle hatte den Eindruck, als kämpfte sie an allen Fronten. Aber Louise hatte Kampfgeist und drohte, sie lasse sich nicht fertigmachen und machte die Gegenseite stets ein wenig lächerlich und verachtete sie. Vielleicht braucht es das, um zu kämpfen?

Die nächste Frau, die starb, war die Frau des Paares in der Wohnung gegenüber von Frau Kalis. Sie strickte viel, vor allem für Kinder, obwohl sie selbst keine Enkelkinder hatte, sie bot daher ihre Stricksachen einer jungen Mutter aus dem Haus an. Sie starb kurz nachdem bei ihr Brustkrebs diagnostiziert worden war.

Ihr Mann, der seit seinem Schlaganfall eine Gehbehinderung hatte, lebte noch einige Jahre. Jeden Tag fuhr ein Auto vor, um ihn abzuholen und an die Elbe zu fahren. Er saß am Hafen und beobachtete die Schiffe, große und kleine, Container, die von weit herkamen und Menschen, die an ihm vorbeigingen und wie er das Treiben beobachteten.

Um diesem Mieter den Aufstieg in den ersten Stock zu erleichtern, installierte der Vermieter oder vielleicht war es der Sohn des Mieters, eine Rampe an der Wand, an der er sich festhalten konnte, wenn er die Treppenstufen bis zum ersten Stock hinaufstieg.

Trotz seiner Gehbeschwerden stieg er in den dritten Stock, um Isabelle Vorwürfe zu machen. Er war überzeugt, dass sie ihn nicht mochte, und um ihn zu ärgern, würde sie ihre Pflanzen reichlich gießen, so dass das Wasser auf seinen Balkon hinuntertropfte. Er war überzeugt, dass sie das mit Absicht tat. Es erinnerte Isabelle an die Frau des Marokkaners, die überzeugt war, dass sie ihr Radio eingeschaltet und laut aufgedreht hatte. Isabelle bat sie herein, selbst nachzusehen und sich zu vergewissern. Aber wie sie den Mieter überzeugen könnte, dass es keine Absicht war, wenn tatsächlich Wassertropfen auf seinen Balkon gefallen waren, wusste sie nicht.

Er hatte einen Sohn, der ihn von Zeit zu Zeit besuchte, manchmal mit seiner Frau. Der Sohn deutete an, dass der Kontakt zwischen ihnen nicht der beste gewesen sei, da sein Vater schwierig war. Als dieser starb, kümmerte er sich um die Beerdigung.

Auf demselben Stockwerk dieses Paares wohnte der Bruder der Frau, er war Junggeselle und ein starker Raucher. Wenn Isabelle an seiner Wohnung vorbeiging, musste sie wohl oder übel den Rauch einatmen, der durch die Ritzen zwischen der alten Tür und dem Türrahmen in den Hausflur zog. So war es nicht verwunderlich, dass er in relativ jungem Alter an Lungenkrebs starb.

Kapitel XIII (Viele Trennungen)

Im zweiten Stock wohnte eine junge Frau, von Beruf Krankenschwester, die ihren Partner über das Internet kennengelernt hatte. Er zog bei ihr ein, war aber wegen eines Jobs oft in Süddeutschland. Eines Tages stellte sie fest, dass es sich nicht um einen Job handelte, der dort auf ihn wartete, sondern um eine andere Frau, mit der er schon seit einigen Jahren zusammenlebte.

Die bodenständige Krankenschwester ließ sich nicht entmutigen. Ihr Vertrauen war nicht gebrochen. Sie lernte auf derselben Plattform einen anderen Mann kennen, den sie bald heiratete. Sie zogen in eine geräumigere Wohnung, die zudem in einem wohlhabenderen Bezirk lag.

Vor der Krankenschwester lebte eine Frau in Isabelles Alter in der Wohnung, Anouk, mit der sie sich anfreundete und mit der sie bald eine enge Freundschaft verband.

Sie unterrichtete Ausländer*innen in der deutschen Sprache, lebte alleine, hatte aber einen Partner, der keine Kinder wollte. Sie fragte Isabelle nach ihrer Meinung, als sie schwanger wurde. Isabelle ermutigte sie, das Kind auf die Welt zu bringen, weil Anouk es wollte und sie diejenige sein würde, die sich um das Kind kümmern würde. Nach der Geburt war er ein zärtlicher Vater, der sein Kind liebte und Verantwortung übernahm. Dann jedoch war sie mit einem zweiten Kind schwanger und brauchte wieder Ermutigung. Isabelle sagte ja zu dem Kind, weil Anouk sich sehr um ihr erstes Kind gekümmert hatte.

Mit der Zeit verschlechterte sich ihre Partnerschaft, und der Vater der Kinder ging mit der Frau seines Bruders eine Beziehung ein. Anouk war seltsamerweise gar nicht wütend, sie sagte zu Isabelle, dass die beiden sich schon immer gut verstanden hätten und bei familiären Zusammenkünften oft stundenlang geredet hätten. Als vernünftiges Paar lösten sie, was für sie kein Problem war. Anouk zog mit den beiden Kindern in eine größere Wohnung, die unweit der alten lag. Abends, wenn Isabelle sie besuchte, zeichnete sie Anouk zuweilen. Mit den Kindern klappte es gut,

Anouk bekam Sozialhilfe, weil sie aufgehört hatte zu arbeiten.

Von Zeit zu Zeit besuchte Anouk ihren Vater, einen Mann, der auf großem Fuß lebte. Er war ein Lebemann, der in den Garten rannte, hinter dem Haus gelegen, und schrie: „Ich habe meine Frau getötet, ich bin ein Mörder!" Seine Frau hatte Selbstmord begangen, es schon mehrmals versucht, aber dieses Mal kam Anouk nicht rechtzeitig wie die anderen Male. Er war während des gemeinsamen Lebens nicht treu, also vielleicht der Grund. Wenn sie Anouk richtig verstanden hatte, lebte sie als Kind und als Jugendliche mehr oder wenig für sich, gerne auch im Wald.

Erstaunlicherweise ertrug Anouk die Prüfungen, die ihr das „Schicksal" auferlegte, mit Gleichmut, als ob sie auf diese harten Schläge vorbereitet gewesen wäre. Sie blickte nach vorne. Das Leben musste seinen Lauf nehmen.

Es kam der Moment, in dem sie sich in einen Marokkaner verliebte. Sie folgte ihm mit ihren beiden Kindern, die noch nicht schulpflichtig waren, nach Marokko. Der Vater war dagegen und hatte Anouk sogar eine Zeit lang gedroht, die Behörden zu informieren, aber er tat es nicht. In

Marokko lebte sie mit seiner Familie auf dem Land, sie passte sich an, konnte aber nicht akzeptieren, dass ihr Liebster ihr beim Liebesakt nicht in die Augen sah. Sie empfand es als tiefe Demütigung. Da er sein Verhalten nicht ändern wollte, trennte sie sich von ihm und verließ Marokko, blieb jedoch in Süddeutschland, wo sie einen Mann kennenlernte, dem sie abermals vertraute, den sie aber später in den Norden zurückgekehrt, aus der Wohnung warf.

Isabelle nahm ihre Freundin und ihre beiden Kinder für drei Monate bei sich auf, denn Anouks Wohnung war noch vergeben, sie hatte sie vorsichtshalber nicht gekündigt, sondern nur untervermietet. Isabelle hatte ihr zu dieser Zeit auch eine Arbeit als Kindergärtnerin vermittelt, Anouk brachte für diesen Beruf die notwendigen Qualifikationen mit.

Zurück in ihrer Wohnung suchte Anouk bald eine neue, weil sie die alte inzwischen zu dunkel empfand. Über den Bruder ihres Ex fand sie eine große und helle Wohnung in einem Viertel, in dem die betuchten Leute leben.

Anouks und Isabelles Verbindung wurde schwächer, aber sie trafen sich immer noch regelmäßig, um im dicht gelegenen Park spazieren zu gehen. Währenddessen erzählte Anouk ihr von den Schwierigkeiten mit einer ihrer Kolleginnen, aber sie blieb bis zu ihrer Pensionierung auf ihrem Posten.

Eines Tages hatte Anouk jedoch keine Lust mehr zu den Spaziergängen, die sich wiederholten und ihr nichts Neues brachten. Sie hatte sich einer Theatergruppe angeschlossen und fand im Theaterspiel Erfüllung. Isabelle schlug vor, die Zeiträume zwischen den Spaziergängen zu vergrößern, aber Anouk wollte definitiv nicht mehr. Nach ein paar Jahren schickte Isabelle ihrer alten Freundin eine Weihnachtskarte, die jedoch nach einem Monat zurückkam.

Sie war abermals weggezogen und Isabelle sah sie nur noch rein zufällig, wie unlängst, als sie im Bus saß und Anouk neben dem Bus radelte. Isabelle, die aus dem Fenster hinunterblickte, bewunderte den silbernen Stern auf Anouks Schuhen. Ein anderes Mal, wieder war sie im Bus, staunte sie darüber, dass Anouk, die radelnd die Straße überquerte, einen Rock trug, früher hatte Anouk Röcke abgelehnt, sie war eine ausgesprochene Hosenträgerin. Die Haare trug sie gefärbt, schon immer, indessen Isabelle schon früh ergraute und es dabei beließ. Allerdings glaubten die meisten, sie färbe sich ihre Haare, weil es ihrer Meinung nach ein so schönes Grau-weiß sei.

Sie freute sich für Anouk, die offenbar wieder einmal auf neuen Wegen war, zur Erneuerung bereit. Der Rock schien Isabelle ein Indiz.

Obwohl es so lange her war, kamen auch Verletzungen an die Oberfläche, die immer noch wehtaten. So erinnerte sie sich plötzlich daran, dass Anouk, die sie mit ihrem Auto abholen wollte, weil sie beide vorhatten, mit ihren aussortierten Sachen Flohmarkt zu machen, kurz vor ihrer Verabredung anrief, um ihr mitzuteilen, dass sie eine andere Freundin, die sie gerade angerufen hätte, mit ihrem Auto mitnehmen werde, da diese auch Flohmarkt machen wolle. Sie, Isabelle, könne ja mit dem Fahrrad nachkommen. Es war ein furchtbares Gefühl und das war es immer noch.

In Erinnerung blieb ihr auch der Moment der Angst, in dem sie Anouk, die ein Stockwerk tiefer wohnte, anrief und bat, zu ihr zu kommen, denn sie konnte sich nicht bewegen, weil sie in Angst erstarrt war. Sie hätte für den Moment eine Person des Vertrauens um sich gebraucht, die durch die bloße Anwesenheit, beruhigend wirkte. Anouk sagte, dass sie nicht zu ihr kommen könne wegen ihres Kindes. Isabelle schlug vor, dass sie mit ihrem Kind zusammen zu ihr kommen könnte. Aber das lehnte Anouk ab.

Sie erinnerte sich auch daran, dass Anouk einmal aus ihrer Wohnung auf die andere Straßenseite zum Gemüsehändler gelaufen war, und ihr kleiner Sohn, der ihr nachgelaufen war, in eine gefährliche Verkehrssituation geriet.

Isabelle wollte nicht, dass all das hochkam, was sie verletzt hatte und sie die Wunden wieder spüren ließ. Aber die Verdrängung nützte nichts, es war wie es war und vielleicht war es gut, dass die Freundschaft zu Ende war.

Isabelle lernte Adele kennen. Sie zog zu einer anderen jungen Frau, die bereits im Haus wohnte. Sie interessierten sich für Kunst, also lud Isabelle die beiden in ihr Malatelier ein, das sie nach dem Auszug ihres Sohnes eingerichtet hatte. Hier tauschten sie sich über Farben und Formen aus, über Kompositionen und Materialien. Adele selbst malte mit Acryl, Isabelle mit Öl. Adele zögerte, Illustration an der Akademie zu studieren, was jedoch ihr Wunsch war. Isabelle ermutigte sie, und es lief gut. Adeles Ausstellung zusammen mit anderen Künstler*innen, bewunderte sie.

Adele fragte sich, ob sie das Kind, das sie wollte, bekommen sollte. Isabelles Meinung war Ja.
In der Zwischenzeit war sie in ein anderes Stadtviertel umgezogen. Sie lebte mit ihrem Lebensgefährten, den sie geheiratet hatte und der der Vater ihrer beiden Kinder wurde, in einer großen Wohnung zusammen.
Ihr Verhältnis zu ihrer Herkunftsfamilie war schwierig. Immer, wenn sie von einem Besuch zurückkehrte, war ihr Herz schwer. Also schlug Isabelle ihr vor, eine Psychotherapie zu machen. Adele folgte der Empfehlung, sogar mehrmals, um die Vergangenheit loszuwerden, die auf ihrem Leben lastete. Sie wurde immer stärker. Was ihr außerdem half, war der Garten und auch die Musik, sie spielte ein Streichinstrument und fand eine Band.

Aber zwischen Adele und Isabelle nahm der Kontakt ab. Adele distanzierte sich. Vielleicht lag es am Altersunterschied. Aber nein, es musste etwas anderes gewesen sein, denn eines Tages schickte Adele ihr mit der Post einen Brief, der getrocknete, abgestorbene Blumen enthielt, ein Zeichen dafür, dass die Beziehung für Adele keinen Wert mehr hatte, dass sie vertrocknet war wie die toten Blumen, die sie ihr schickte.

Es fiel Isabelle zunächst schwer, das zu akzeptieren, auch weil Adele keine Erklärung abgeben wollte und zu keiner Aussprache bereit war, worum sie sie per E-Mail gebeten hatte, aber es war nichts zu machen. Sie musste sich damit abfinden, sie hatte offenbar ausgedient. So war der Lauf des Lebens.

Auch außerhalb des Hauses gab es Beziehungen, die auf die eine oder andere Weise ihr Ende fanden. Isabelle hatte den Eindruck, dass alles dazu bestimmt war, zu Ende zu gehen.

Kapitel XIV (Arthur und die Selbstmorde)

Es war schon eine Weile her, dass sie den Nachbarn Arthur gesehen hatte, manchmal schaute sie zu seinem Fenster hoch, was sie vor ihrer Bekanntschaft nicht getan hatte. Sie bemerkte, dass sein Fenster trotz der einsetzenden Kälte geöffnet war, es war nicht besorgniserregend, da eine Wohnung regelmäßig gelüftet werden muss, das machte sie auch.
Ein oder zwei Häuser von Arthurs Haus entfernt gab es einen Selbstmord. Ein junger Mann, der erhängt auf dem Dachboden gefunden wurde. Mehr wusste Isabelle nicht. Sie konnte sich nicht vorstellen, dass Arthur Selbstmord begeht, weil sie trotz seines müden Blicks eine Revolte in ihm spürte. Ein Jugendfreund Isabelles beging in Berlin Selbstmord, denn seine geliebte Freundin hatte sich von ihm getrennt, und er wurde zur selben Zeit von der Bundesdruckerei wegen seiner Mitgliedschaft in der Kommunistischen Partei entlassen, und drittens fühlte er sich in Berlin einsam. Allgemein hieß es damals, in Berlin seien die Menschen allein und einsam.

Sie wusste nicht, ob Arthur alleine war, ob er sich einsam fühlte wie sie, was jedoch ihre Schuld war wie sie annahm. Natürlich dachte sie manches Mal an Suizid, aber sie hatte immer noch Verpflichtungen sowie auch Möglichkeiten, aus dem dunklen Zustand ihrer Seele heraus zu finden, so glaubte und hoffte sie, was nicht immer der Fall gewesen war.

Das letzte Mal, als Isabelle lange Zeit in einem Tunnel feststeckte, beschloss sie, an die Mittelmeer Küste zu reisen, wegen des Lichts und wegen der Farben der Künstler*innen, die dort lebten, malten, plastizierten und fotografierten, und nicht zuletzt der Sprache wegen.

Nochmal dasselbe???

Aber der Sehnsuchtsort ist auch ein Schmerzensort.

Isabelle schreibt:

„Es ist ein besonderer Ort. Ich saß dort lange am Meer, dicht am Wasser zwischen den Kieselsteinen. Der Tag meiner Ankunft war der Tag eurer Abreise und der Tag meiner Abreise war der Tag eurer Rückkehr.

Es ist, als würde ich dort immer noch sitzen und warten …"

„Ein kleiner Vogel zwischen den Kieselsteinen

Wenn ich dort wäre,
würde ich in eine tiefe Traurigkeit versinken,
ich würde in Tränen ausbrechen,
mein Tränenfluss würde nicht enden

Als wenn ich eine Liebe verloren hätte,
die mir Leben eingehaucht hatte,
die mir Atem einhauchte,
das Gefühl zu leben.

Zwischen den Kieselsteinen des Strandes
sitzt ein kleiner Vogel,
den man kaum sieht,
der sich nicht unterscheidet.
Er kann sich nicht erheben,
er kann seine Flügel nicht heben,
er kann nicht mehr fliegen,
er ist wie versteinert
wie ein Kieselstein"

Isabelle fühlt alles auf der Grundlage ihres Traumas im Uterus ihrer Mutter, die nichts dafür tat, dass es ihr als Embryo wohl erging, sondern im Gegenteil alle Verantwortung auf sie, das kleine

Embryo schob, das sich entweder festhalte oder eben nicht, wenn sie mit dem Trecker durch die Schlaglöcher fuhr und das noch im neunten Monat. Sie lehnte jede Verantwortung gegenüber den Nachbarinnen ab, die ihr Verhalten als lebensgefährlich für das Embryo einstuften. Sobald Isabelle auf die Welt kam, wurde sie links liegen gelassen, vergessen. Sie ist tief verletzt von Anfang an und hat sich davon nicht erholt. Sie ist wie versteinert, wie der kleine Vogel zwischen den Kieselsteinen, von denen er sich nicht unterscheidet.

Kapitel XV (der Engel Jade.; Fest der Wiedervereinigung)

Sie nannte Jade, die junge Frau aus Indonesien, "ihren Engel", weil sie sanftmütig ist. Sie war diejenige, die ihr Geld abgelehnt hatte – vielleicht weil sie sie als alte Frau empfindet, als altes Mütterchen, sie sagte mit Überzeugung: „Das brauchst du nicht!", später schob Isabelle ihr das Geld dennoch über die Theke hin. Sie kommt aus Indonesien und arbeitet neben ihrem Studium. Sie ist blass und klagt über Schmerzen im unteren Rücken. Sie vermutet, dass es von ihrer Haltung kommt, die sie einnimmt, wenn sie schwere Pakete tragen muss wie etwa die mit den abgepackten Milchtüten und Wasserflaschen. Morgen hat sie einen Termin bei einer Allgemeinmedizinerin. Isabelle hofft, es ist nichts Schlimmes. Sie erinnerte sich, dass Jade aus Liebe zu ihrem Freund am Marathonlauf teilnahm. Es ist möglich, dass sie sich übernommen hat. Trotzdem will sie am Wochenende ihre 80jährige Tante, die ältere Schwester ihres Vaters, im Umland besuchen, sie ist noch gesund und kocht auch noch selbst. Sie wollen das Herbstlaub vor dem Haus zusammenfegen. Ihr deutscher Mann ist schon verstorben.

Jade wohnt an der U-Bahn-Station, die ganz in der Nähe der Schule für Blinde und Sehbehinderte liegt, die Isabelles blinder Sohn besuchte. Im Kindergarten, der der Schule angeschlossen ist, hatte er eine begabte, beliebte und geliebte Lehrerin, aber danach gab es gute und schlechte Lehrer*innen, darunter sadistische, die die Kinder leiden ließen. Es gab unter ihnen eine ältere Lehrerin, für die Gehorsam und Unterordnung alles waren, eine Frage von Leben und Tod. Sie dachte nicht an die Zukunft dieser jungen, behinderten Menschen, sondern nur an ihre eigene Befriedigung.
Als Jade den Namen der U-Bahn-Station aussprach, an der sie täglich ein- und aussteigt, spürte Isabelle einen kleinen Gänsehaut Schauer, dann kamen Erinnerungen hoch.

Isabelle erfuhr von Sorins Reise in seine Heimat in den kommenden Tagen. Sie vermutete, dass es schwierig werden würde, ihn nicht jeden Tag zu sehen, sein Lächeln, das nicht weh tat, das einladend war. Außer der Familie seiner Schwester wartet niemand auf ihn, jedoch das Land, in dem er geboren wurde, in dem er zum ersten Mal das Licht der Welt erblickte, in dem er zur Schule ging, in dem er Freunde fand, in dem er die Entscheidung traf, das Land zu verlassen, wie seine Eltern und eine Schwester es bereits getan haben. Sie suchen ein besseres Leben.

Auch Isabelle hatte ihre Heimat verlassen, aber im Alter von 4 Jahren. Es war die politische Situation, die ihre Eltern zwang, ihren Bauernhof Hals über Kopf zu verlassen und in Westdeutschland Zuflucht zu suchen. Deshalb dachte sie - immer noch entwurzelt - heute daran, spontan mit dem Zug nach Schwerin, in der ehemaligen DDR gelegen, zu fahren, um an den dreitägigen Feierlichkeiten zur Deutschen Wiedervereinigung teilzunehmen, 35 Jahre nach dem Fall der Berliner Mauer 1989. Aber sie blieb doch hier, denn sie ging nicht gerne auf Massenveranstaltungen.

Kapitel XVI (Die Mieterin; das Malen)

Isabelle fragte sich, ob sie eine Zukunft in diesem Mietshaus habe, dem Haus, in dem sie so lange gelebt hatte und lebte?

Sie hatte hier keinen Halt mehr, keine Freundinnen. Sondern Menschen, die ihr das Leben schwer machten, wie die Frau des Paares unter ihrer Wohnung, in der früher der Marokkaner mit seiner Frau und den vier Kindern lebte. Sie warf ein ganzes halbes Jahr lang jeden Tag leere Bonbonpapiere in ihren Briefkasten und hörte erst damit auf, als Isabelle sich traute, ihr ein leeres Bonbon Papier in ihren Briefkasten zurückzuwerfen. Sie hatte zudem ihrem Mann verboten, Isabelle zu helfen, ihren Kleiderschrank zu verrücken und ihr im Allgemeinen zu helfen. Kurz nachdem das Paar in das Haus eingezogen war, fühlte sie sich die junge Frau offenbar durch hohe Absatzschuhe und professionelles Outfit aufgewertet und verkündete laut vor ihrer Wohnungstür, während sie sie aufschloss, dass es ja Leute geben müsse, die arbeiten und Steuern bezahlen. Doch schon nach wenigen Monaten wurde sie krank, seitdem hat sie nie mehr gearbeitet und ist finanziell von ihrem Mann abhängig. Sie ist immer noch laut im Treppenhaus und lässt die Wohnungstür weit auf, während die Hunde es sich im Hausflur bequem machen. Vormittags oder nachmittags fährt sie mit dem Auto und den Hunden ins Grüne, ein- oder zweimal in der Woche übernimmt das eine professionelle Frau, die mit mehreren Hunden im Auto vorfährt.

Es ist schmerzhaft, diese Mieterin auf der Treppe zu treffen, denn wenn Isabelle Hallo sagt, antwortet sie entweder gar nicht oder kaum hörbar und ohne sie anzusehen.

Die Mieterin, die unter dem Paar wohnt, also in der Wohnung, in der das verstorbene Ehepaar lebte, hat den Kontakt zu ihr, der Bonbonpapier-Frau abgebrochen, sie grüßen sich nicht einmal mehr, weil sie zu viel Lärm macht und die Hunde nicht immer zum Schweigen bringen kann. Sie sind auch die einzigen Mieter, die ihre Sachen wie etwa Schuhe, Regenschirme, Müllbeutel, Altpapier, etc. vor ihrer Tür abstellen und abgesehen davon, die Kleidung ihrer Hunde an die Hausflur-Wand hängen. Es ist, als müssten sie ein Feld markieren, wie es Tiere tun. Gott sei Dank, dass sie abgesehen von dieser Wohnung noch ein Haus auf dem Land besitzen, in dem sie hin und wieder ein Wochenende verbringen.

Wie soll es weitergehen?

Die Malerei, das „Baden" in Ölfarben, hatte ihr bisher geholfen, die Schwernis zu ertragen. Aber im Moment malte sie in Zeitlupe, weil sie sich ganz und gar nicht wohl fühlte, sogar unglücklich war.

Das Bild scheint schwer zu erreichen, als wäre es ein blauer oder roter Stoff oder eine Farbe, die sie in der Ferne sieht, die sie aber nicht berühren kann.

Vielleicht müsste sie sich anstrengen, denn das Malen hatte ihr immer gutgetan, egal welches ihr Problem war.

Der Tag verging, und sie hatte es nicht geschafft. Sie konnte nicht wie gewohnt den Pinsel nehmen und spontan malen, was ihr in den Sinn kam. Sie war blockiert, verlangsamt. Sie spürte nicht mehr den Drang, spontan und ohne Zweck zu malen. Die Komposition, die ihr vorschwebte, überzeugte sie nicht, auch nicht die braune und weiße Farbe, das Diesseits und das Jenseits, die Erde und der Himmel. Sie mochte die Tatsache nicht, dass es in der imaginierten Komposition nur zwei Farben gab, wenngleich das Diesseits und das Jenseits das

Ganze bildeten. Vielleicht fehlte es an Leben, das sich bewegt, das sich wie ein undurchschaubares Durcheinander darstellt.

Isabelle fand sich mit ihrem Gemütszustand ab und statt zu malen, machte sie ein paar gymnastische Übungen sowie einen kurzen Spaziergang, auf dem sie sich an ein Bild erinnerte, das sie kürzlich in einer Ausstellung gesehen hatte und von dem sie ziemlich angewidert war, denn auf dem Bild war eine schwere schwarz-graue Masse aufgetragen, es sollte einen Fluss am Abend darstellen. Doch nach einer Woche wollte sie das Bild unbedingt wiedersehen, weil sie das Gefühl hatte, sie würde die Ölfarbe, extrem dick aufgetragen und die wie ein Relief in den Raum hineinragte, auf einmal sehr mögen, wenn auch nicht so sehr die Farben, aber das schien weniger wichtig. Vielleicht hatte sie der kürzlich gesehene Dokumentarfilm über die Bildhauerin Camille Claudel beeinflusst, deren Biografie "Der Kuss" sie vor sehr langer Zeit gelesen hatte. Im Film näherte sich die Kamerafrau bzw. der Kameramann so dicht wie möglich an die Skulptur, an die einzelnen Teile des modellierten Körpers und Gesichts an. Dies ermöglichte es, die Tiefen und Oberflächen eines Körperteils zu erfassen, begleitet von dem Licht, das die Tiefen und Höhen auslotete.

Es weckte in ihr den Wunsch, noch einmal in die Ausstellung zu gehen, um das Gemälde erneut zu betrachten. Und sie hatte sich bereits entschieden, eine Leinwand zu kaufen, sie mit verschiedenen Farben zu füllen, die sie in dicken Schichten auftragen würde. Dieses Projekt munterte sie auf. Sie glaubte, dass sie einstweilen gerettet war.

Kapitel XVII

Was ihre Situation in dem Gebäude betraf, in dem sie wohnte, dachte sie an die Radiosendung über Los Angeles, in der eine junge Frau sagte, dass sie sich für ihre Mutter schäme, weil diese es vorzieht, in einem Mietshaus, einem Gebäude mit anderen Mietern zu leben, anstatt in einem Einfamilienhaus wie sie selbst und die meisten „normalen" Menschen.

Isabelle glaubte, die Mutter aus Los Angelos fühlte ähnlich wie sie, weil sie selbst auch lieber in einem Gebäude mit anderen Mieter*innen lebte trotz der Ärgernisse und des Leids. Sie fand, dass ein Gebäude – ihres beherbergte 20 Wohnungen – das Leben draußen im Kleinen abbildete.

Im Hausflur traf Isabelle auf eine junge Frau, die gerade vom Joggen kam. Sie hat von der Büroarbeit in die Sozialarbeit gewechselt und betreut jetzt Jugendliche in Schwierigkeiten, die zusammen mit anderen Jugendlichen in Wohngemeinschaften leben. Sie selbst hat auch deprimierende Erfahrungen gemacht. Letztes Jahr war sie nach einer Trennung, die sie in eine

Depression gestürzt hatte, in einer dreimonatigen psychotherapeutischen Kur. Aber, so sagt sie, sie habe diese Veranlagung zu Depressionen und könne sich inzwischen aus dem Loch heraushelfen, insbesondere durch Sport.

Im Café traf Isabelle auf Sorin, der krank war, Kopf- und Halsschmerzen hatte. 16 Stunden am Stück hatte er geschlafen. Sie frage ihn, ob er seine Eltern angesteckt habe. Er versteht das Wort "Eltern" nicht, denn in seiner Sprache, erzählt er, sagen sie einfach "Mama und Papa". Noch 8 Tage, dann wird er aufbrechen, um seine Schwester in Rumänien zu besuchen. Als Isabelle nach 3 Stunden Arbeit aufschaut, bemerkt sie, dass er nicht mehr da ist. Es ist, als würde sich ein Schatten ausbreiten, eine kalte Leere. War sie verliebt? Nein, es war etwas anderes, sie mochte seine Gegenwart, sein Lächeln, das nicht weh tat, sondern Vertrauen einflößte. Sie dachte da an eine Freundin, die von ihrer besten Freundin, 8o Jahre alt, erzählte, die sich in einen jungen Mann Mitte zwanzig verliebt hatte und mit ihm manchmal ins Bett ging. Isabelle konnte sich das für sich nicht vorstellen. Eines Tages verließ er sie für eine jüngere Frau. Um ihr Leiden abzukürzen, machte sie sich sofort wieder auf die Partnersuche im

Internet. Sie dachte auch an François Mitterrands lange Beziehung mit einer Frau, die 50 Jahre jünger war als er. Sie erinnerte sich, dass in einem langen Artikel in der Zeitschrift Le Monde über das Buch "Das letzte Geheimnis" geschrieben wurde, dass die junge Frau gerne seinen nackten Körper berührt hätte, aber dass er es wegen seiner alten, hängenden Haut abgelehnt habe. Isabelle verstand das sehr gut.

Am Tag, an dem Sorin plötzlich verschwunden war, als sie von ihrer Arbeit aufschaute, musste er zu einer regulären Kontrolle seiner Zähne zum Zahnarzt wie er ihr später erzählte. Abgesehen davon fühlt er sich noch nicht gesund.

Auch Jade, die junge Frau aus Indonesien, ist wieder da. Ihre Rückenschmerzen haben sich gebessert, die Hausärztin bestätigte, dass die Schmerzen von der Arbeit kämen, auf der sie schwere Pakete mit Milchtüten und Wasserflaschen trage. Sie hatte zwei Tage frei, ihr Freund, der in der benachbarten Stadt lebt, kam, und sie kochten zusammen.

Als sie ihr neulich von ihrer Einsamkeit und der kleinen Depression, die damit einhergeht, erzählte, rief sie : "Aber du bist doch hier!"

Als sie am nächsten Tag das Café betreten will, ist die Tür geschlossen. Dann sieht sie den Zettel, der an der Tür klebt. In der Mitteilung steht, dass sich die Öffnungszeit verzögere.

Später am Tag ist das Café wieder geöffnet. Sorin ist nicht da, er ist erneut krank, denn er hat sich nicht auskuriert, er ist zu früh wieder zur Arbeit gekommen. Um 5 Uhr morgens hat er seinen Chef angerufen, um für den Tag abzusagen. Es tat ihr sehr leid für Sorin. Sie hoffte, dass er sich schnell erholt und bis zu seiner Abreise in die Heimat wieder gesund ist.

Jade ist aus Düsseldorf zurück. Sie war mit ihrem Freund des Essens wegen dort. Denn rund um den Hauptbahnhof gibt es ein großes Tokio Viertel, wo sie nicht zum ersten Mal waren, denn sie lieben das japanische Essen. Aber alle Züge hatten Verspätung, und so haben sie für die Rückfahrt 12 Stunden gebraucht statt nur 5.

Fortan arbeitet sie nur noch an zwei Tagen, weil die Uni wieder angefangen hat.

Also bis nächste Woche! Bis nächste Woche!

Und dann ist Sorin wieder da. Aber irgendetwas hat sich verändert. Er hat sein Lächeln verloren –

jedenfalls ihr gegenüber. Nun ja, sie hat kein Anrecht darauf und nimmt es wie es ist. Leider ist auch der Milchschaum auf dem Espresso davon betroffen, den er so gut machen konnte wie kein anderer und keine andere.

Dann kehrt Sorins Lächeln zurück. Er erzählt Isabelle von seiner Reise zu seiner Schwester und ihrem Kind. Er wollte sie unterstützen, denn sie hatte jüngst eine komplizierte Abtreibung, weshalb der Arzt sie einen Monat lang krankgeschrieben hat, denn nach der Abtreibung ist sie schwer erkrankt. Sorin ist mit ihrem kleinen Sohn jeden Tag auf den Spielplatz gegangen.
Er ist zwar wieder im Café, jedoch plagen ihn Halsschmerzen wie vordem. Morgen geht er zum Arzt, der ihn sicherlich diese Woche krankschreiben wird, wie er meint. Isabelle drückt die Daumen.

Kapitel XVIII

Mit Besucher*innen des Cafés gibt es wenig Kontakt. Es kommen sehr viele Tourist*innen herein und sehr viele Student*innen, die stundenlang hier arbeiten wie Isabelle, denn es gibt hier freies Welan und Steckdosen. Um die Mittagszeit kommen viele Büroangestellte, aber auch andere Personen, wie jüngst die vietnamesische Mutter von erst 18 Jahren, deren 4 Monate altes Baby weinte, denn es hatte gerade 3 Impfungen bekommen. Es war ein sehr feiner kleiner Junge, der „Panda" hieß, wie der Bär und aufhörte zu weinen, nachdem er genug Milch, die aus der Flasche kam, getrunken hatte. Die 16jährige Schwester war mit ihnen, die Familie war vor 7 Jahren nach Deutschland gekommen. Die beiden Frauen waren sehr gut angezogen, jedoch fiel auf, dass bei der jungen Mutter die obere Zahnreihe völlig zerstört war. Isabelle hoffte, Panda nochmals wiederzusehen.

Seit kurzem kommt jeden Tag ein Mann, der aus dem Oman stammt und sich an einem sagenhaften Kuchen erfreut. Er fragt Isabelle jedes Mal, ob sie auch etwas möchte, was sie aber jeden Tag aufs Neue ablehnt. Er ist mit seiner 85jährigen Großmutter hier, weil diese auf eine Rücken Operation wartet, die in zwei Wochen stattfinden soll, bis dahin wird sie mit medikamentösen Infusionen behandelt. Oft sind weitere Familienmitglieder mit ihm, die später im Hotel der Großmutter Gesellschaft leisten, denn sie muss die ganze Zeit im Hotel bleiben.

Wie vorgesehen, hatte die Ärztin Sorin krankgeschrieben. Als er nach 10 Tagen ins Café zurückkehrte, erkannte Isabelle ihn kaum wieder, denn er hatte sich einen Schnurrbart wachsen lassen und zu beiden Seiten über den Ohren waren seine Haare wegrasiert. Beides mochte Isabelle gar nicht. Sie war so verunsichert, dass sie die Bedienung, die ihre Bestellung aufnahm, fragte, ob das Sorin sei, der ein paar Schritte entfernt stand. Sie nickte und als Isabelle vor ihm stand, um ihren Espresso Macchiato entgegenzunehmen, sah sie, dass er zudem mehrere Buchstaben seines Vornamens auf dem Namensschild entfernt hatte, es blieben noch drei kaum leserliche Buchstaben übrig. Sie fragte ihn, was das zu bedeuten hätte, er antwortete, dass er nicht wolle, dass die Leute seinen Namen wissen und ihn überhaupt erkennen.

Isabelle gab das zu denken. Wieder einmal erinnerte sie sich an die Securitate, der Geheimpolizei in Rumänien, vor der Sorin vielleicht Angst hatte und vor der er sich schützen wollte. Natürlich wusste sie, dass die Zeiten vorbei waren, aber ihrer Meinung nach floss die Angst vor der Securitate weiterhin in den Venen von Generationen und überhaupt Angst vor autoritären Staaten und autoritären Personen, weil ihre Herrschaftsmittel Gewalt und Unterdrückung waren.

Der Mann aus dem Oman erzählt ihr, dass die erste Operation gut verlaufen sei, aber zwei würden seiner Großmutter noch bevorstehen. Er fragt Isabelle, wie es ihr gehe, sie antwortet, dass sie enttäuscht sei, dass Trump die Wahl gewonnen habe. Der Mann aus dem Oman zuckt die Achseln, lächelt und geht, was darauf hinweist, dass er wahrscheinlich ein Trump Befürworter ist.

Am nächsten Tag macht Sorin ein finsteres Gesicht, das sich nicht aufhellt, als er sie bedient, und er hat abermals seinen Vornamen auf dem Namensschild verändert. Sie sagt nichts, aber es irritiert sie fürchterlich. Jedoch hat sie sowieso den Entschluss gefasst, dieses Café nicht mehr aufzusuchen, denn die Musik ist einfach zu laut geworden und seit Wochen dieselbe. Obwohl sie mit Ohropax arbeitet, ist die Musik dennoch unerträglich laut. Der Verantwortliche will die Lautstärke nicht reduzieren, weil er meint, so wie es sei, erzeuge das eine gemütliche Atmosphäre. Aber Isabelle hat das Gefühl, dass ihr Kopf von der lautstarken Musik kurz vor dem Platzen ist.

Sie wird sich fortan an zwei „Sorin" erinnern, an den Lächelnden und an den Finsteren. Ob sie will oder nicht, es schmerzt sie.

Kapitel XVIIII (Die Träne, die sich in eine Waffe verwandelt)

Als Isabelle und ihr Nachbar Arthur sich nochmals über den Weg liefen, hatte sie seinem Wunsch entsprochen und ihm ihren Nachnamen mitgeteilt, ihren Vornamen hatte er ja schon. Schließlich war er ihr Nachbar, sagte sie sich, er wohnte auf der gegenüberliegenden Straßenseite und das bereits seit 32 Jahren und mehr, das flößte ihr Vertrauen ein, also verbat sie sich jede Panikmache.

Sie war also nicht erstaunt, als er eines schönen Tages bei ihr klingelte, und selbstverständlich bat sie ihn herein. Sie hatte gerade die Jazzmusik von Clement Janinet: „La litanie des cimes" zu Ende gehört und den Fernseher eingeschaltet, um die Wiedereröffnung der Notre-Dame in Paris zu verfolgen. Das wollte sie unbedingt, denn sie erinnerte sich an die in einem wunderschönen Blau erstrahlende Rosette, als sie vor zwanzig Jahren in Paris war. Sie hatte sie nie vergessen und trug sie in ihrem Herzen trug.

Isabelle war nicht gläubig im eigentlichen Sinne, aber sie hatte doch einen Glauben, den sie allerdings nicht wirklich beschreiben konnte. Sie lehnte allerdings die Dreifaltigkeit Gottes ab, die Vereinigung von Vater, Sohn und Heiligem Geist, da in der Trinität die Frau ausgeschlossen war. Und ganz generell sah sie in dem Ausschluss und der Unterdrückung der Frauen, ob in der Kirche oder in der Gesellschaft, das Übel begraben.

Auf dem Tisch lag ihre derzeitige Lektüre, ein Buch mit dem Titel „Das Buch des Lachens und Vergessens" von Milan Kundera.

Eine Woche verging und niemand war Isabelle begegnet, die normalerweise jeden Morgen in der Frühe das Haus verließ, um in einem Café zu schreiben. Im Haus kannte man ihren vorsichtigen und langsamen Schritt, mit dem sie die Treppen hinunterging, andere Mieter*innen gingen schneller, die Jüngeren nahmen sogar mehrere Stufen auf einmal, wenn sie die Treppe hinunterliefen.

Die Untersuchungen hatten ergeben, dass kein Mieter und keine Mieterin einen Schrei gehört hatte, was nicht überraschte, denn das Ehepaar, das unter ihr lebte, war übers Wochenende ins

Landhaus gefahren und die alte Dame, die ihr gegenüber wohnte, besuchte wie jeden Nachmittag ihren Mann, der im Pflegeheim lebte. Blieb noch die 90jährige und schwerhörige, alleinstehende Frau, die über ihr wohnte, die den ganzen Tag puzzelte und stets ihren Fernseher oder ihr Radio so laut eingeschaltet hatte, wie es nur ging.

Es war also nicht zu sagen, ob Isabelle „Hilfe!" geschrien hatte wie Louise oder „Mama!" wie Frau Kalis.

Es brauchte eine gewisse Zeit, bis die Spuren zu Arthur, dem Nachbarn, führten, der ein stiller und unauffälliger Mann war. Vielleicht aber war genau das das Problem. In dieser Unauffälligkeit versteckte sich nämlich etwas Auffälliges wie die Kommissar*innen herausfanden, es war eine der seltsamsten Waffen, die sie je gesehen hatten. Arthur verbarg eine Träne, die voll mit Frustrationen war, voll mit Leiden, Wünschen und Gewalt. Diese Träne, die er nicht hatte weinen können, verwandelte sich zusehends in eine Waffe, in eine blutrünstige Rache für seine Leidensgeschichte, die er nicht erzählen konnte, weil er sich ihrer zutiefst schämte.

Aber warum Isabelle?

Wurde sie sein Opfer, weil er in ihr sein Spiegelbild sah?

Livres français

Tony

La valse mélancolique de Nice

L'écoulement

L'incertitude 1

L'incertitude 2
Le temps passe pour tout le monde.

Poèmes en prose de la vie intérieure et extérieure

Nos échanges
Échange d'e-mail avec D.E
En rupture du stock

Livre de photo : « peintures, gravures, dessins, sculptures 1970 - 2021 »

Deutsche Bücher

Dreiklang (Kurzgeschichten)

Zweiklang

Fünfklang

Der goldene Taler (Märchen)

Stimmen

Gezeichnet

Einklang
E-Mail Austausch mit D.E.
Nicht mehr verfügbar

Trennung und Aufbruch
Nicht mehr verfügbar

Antoine und seine Geschwister (Erzählung)

Sanftes Kratzen

Der Himmel über mir

Gedichte 1967 -2017
Der seine Stirn an den Baum lehnte

Prosagedichte des inneren und äußeren Lebens (2004)

Zerbrochen -
Innerhalb und außerhalb des Tunnels

Besuche in Dublin

Lichtung

Lydia November L.N. 1 (1980)
Lydia November L.N. 2 (1982)
Mit Radierungen und Zeichnungen
Verfügbar in der Universitätsbibliothek Hamburg

Fotobuch „Die Elbe bei Övelgönne"

Fotobuch „Werkschau 1976 – 2000"
Malerei, Radierungen, Zeichnungen, Skulpturen

Fotobuch „Gezeiten. Fotos 1976 – 2021"